우리가 정말 알아야 할 서양 고전

그리스 희극

아리스토파네스 · 메난드로스 편

우리가 정말 알아야 할 서양 고전
그리스 희극
아리스토파네스 · 메난드로스 편

초판 1쇄 발행 | 1969년 10월 29일
2판 1쇄 발행 | 1995년 4월 15일
2판 4쇄 발행 | 1999년 4월 15일
3판 1쇄 발행 | 2006년 11월 10일
3판 4쇄 발행 | 2019년 3월 15일

지은이 | 아리스토파네스 · 메난드로스
옮긴이 | 김갑순 · 나영균
펴낸이 | 조미현

펴낸곳 | (주)현암사
등록일 | 1951년 12월 24일 · 제10-126호
주소 | 04029 서울시 마포구 동교로12안길 35
전화 | 365-5051 · 팩스 | 313-2729
전자우편 | editor@hyeonamsa.com
홈페이지 | www.hyeonamsa.com

*잘못된 책은 바꾸어 드립니다.

ISBN 978-89-323-1411-2 04890
ISBN 978-89-323-1417-9 04890(세트)

우리 가 정 말 알 아 야 할 서 양 고 전

김갑순 · 나영균 옮김

그리스 희극

아리스토파네스 · 메난드로스 편

현암사

개정판에 부쳐

그리스 문화는 서구 문화의 고향이자 토양이었다. 그 전성기에
꽃을 피운 비극悲劇은 신이 부여한 운명에 순응하면서도, 때로는
과감히 저항하다 파멸해 가는 인간의 모습을 완성된 형식미와
시적 운율로 담아내고 있다. 고전적 인간관의 전형을 보여 주는
그리스 비극은 2,500년의 시간을 지나오면서 셰익스피어의 비
극, 유진 오닐의 희곡, 프로이트의 정신분석학 등 예술과 학문
여러 분야에 크나큰 영향을 끼쳐 왔다.

그리스 희극은 아테네 민주 정치가 융성하던 페리클레스 시대
와 이에 이어진 펠로폰네소스 전쟁의 소용돌이 속에서 전성기를
이루었다. 민주 정치 아래에서 언론 자유의 보장은 희극의 본질
적 요소인 해학과 풍자, 심지어는 통치자에 대한 신랄한 인신공
격까지도 허용되는 넓은 터전을 마련해 주었다. 그리스 전국을
초토화시킨 40년에 걸친 내전 기간 중에도 희극 경연이 번성할
수 있었던 것은 반전 사상의 고취와 평화에 대한 민중의 염원을
반영하였기 때문이다.

이 책은 1969년에 처음 선보인 국내 유일의 그리스 희곡집이
다. 그러기에 약 37년이 지난 오늘날까지도 대학이나 연극계에

서 꾸준히 사랑받는 것이다. 이번 3판에서는 중학생, 고등학생도 쉽게 읽을 수 있도록 편집하였다. 본문에서 연극적인 요소를 넣었으며, 누구나 이 책을 대본 삼아 직접 공연할 수 있도록 우리말 어법에 맞게 대사를 여러 번 다듬었다. 한 편의 공연을 보는 듯 쉽고 재미있다.

연극 사상 최초의 본격적인 극작가인 아이스킬로스, 그리스 비극을 완성한 소포클레스, 그리스 3대 비극 작가 중 가장 근대적이라고 평가받는 에우리피데스, 그리스 최고의 희극 작가인 아리스토파네스, 희극의 완성자이자 후세의 희곡에 큰 영향을 끼친 메난드로스의 작품을 통해서 그리스 희곡의 드넓은 세계를 경험할 수 있으며, 문학과 연극 전반에 관한 이해의 기초를 마련할 수 있다. 오늘에 다시 그리스 희곡을 음미해 보는 이유다.

2006년 편집부

한국인의 필독서 '그리스 희곡'

처음에 세 권의 희랍 희곡집을 낸다고 했을 때 주위에서는 그 기획 자체가 무리라고 했다. 1969년, 경제적으로 어려운 때였으니 누가 한가하게 2,500년 전에 씌어진 희랍극을 읽겠는가 하는 근심 때문이었다. 더구나 그때는 우리나라에 희랍 연극은커녕 희랍어를 전공하는 사람이 거의 없었다. 원전原典 번역이란 원어를 그대로 우리말로 옮기는 것으로, 단순히 어학만 안다고 할 수 있는 일이 아니다.

당시 현암사 편집부의 양문길, 정철진 두 분이 이 희곡집을 기획·편집했고, 작품을 선정하고 번역할 분들을 찾고 부탁하는 일은 전공자인 내가 맡아 했다. 번역을 끝내고 해설문을 쓰느라 무더운 여름날 고생도 좀 했던 것이 생각난다.

희랍 희곡에 관심이 많은 사람의 수도 제한되어 있었고 당시 출판 풍토상 선뜻 응해 줄 사람도 찾기 힘들었으나, 한국에도 서양 연극의 뿌리인 희랍극의 번역본이 꼭 있어야 한다는 사명감 하나로 바쁜 중에도 번역에 응해 주신 분들께 감사할 따름이다.

번역자들의 어학 배경이 다르다 보니 부득이 각자 능한 외국어를 활용하였고, 영어와 불어 번역본을 우리말로 옮기는 수밖에 없었다. 시로 된 희랍극의 맛을 될 수 있는 대로 살려야 한다는 뜻에서 시적 표현에 애쓴 분도 있었고, 공연을 의식해 산문체로 옮긴 분도 있었다.

그간 이 책이 독자들에게 얼마나 읽혔는지 모르겠지만 한 가지 확실한 것은 우리나라에서 유일한 희랍 희곡집이며, 대학이나 연극계에서 희랍극이 읽히고 토론되고 공연되는 데 크게 기여한 것에 대해 번역가의 한 사람으로서 자부심을 느낀다.

이번 2판에서는 세로 조판이던 것을 가로 조판으로 바꾸었고, 문장도 현행 한글맞춤법통일안에 맞게 다듬었다. 초판이 나왔을 때는 인명이나 지명 등 고유명사의 한글 표기가 번역자들의 어학 배경에 따라 차이가 많았다. 어떤 작품에는 'Jason'을 영어식으로 '제이슨'이라고 했는가 하면 어떤 작품에는 동일 인물을 '이아손'으로 표기하기도 하였다. 개정판에서는 이러한 문제점을 보완하고자 외래어 표기법과 현재의 언어 현실에 따라 이런 고유명사의 발음을 알맞게 수정 보완하였다. 힘든 작업이지만 발음 하나하나에 무척 신경을 썼다.

좋은 번역은 의미를 정확히 전달하는 데 있다고 하지만, 독자들에게 좀더 친절하려면 역시 해설이나 주 또는 용어 해설까지 붙여 주어야 한다. 특히 우리와는 시간 공간적으로 생소하게 느껴지는 희랍·로마의 작품을 번역하는 데 있어서는 더욱 절실하다. 아직도 만족할 수는 없지만 해설, 주, 용어 해설 등을 가능한 한 많이 싣고자 애쓴 것도 이번 개정판의 특징이다.

요즈음 우리 연극계 공연 작품의 내용과 형식이 매우 다양해졌다. 질 면에서는 아직 문제가 많지만 우리 연극 사상 그 형식이 최근처럼 복잡하고 다양한 적은 일찍이 없었다. 이러한 사정 때문인지 관객은 연극의 본질보다 어떤 형식의 극이 공연되는지 더 관심을 갖는다. 시대와 환경이 변함에 따라 연극 형식도 변하는 것은 당연하다. 그러나 연극의 뿌리는 결코 잊어서도 안 되고, 잊혀지지도 않는 것이다.

희랍극은 인간과 신, 자연과 사회, 질서, 윤리들 간의 관계를 심오하게 파고들며, 고양될 수 있는 인간성에 대한 가능성이 문학, 연기, 노래, 춤 등을 통해 총체적으로 표현된 인류 역사상 가장 오랜 예술이다. 우리가 최근 연극 공연에서 볼 수 있는 다양한 내용과 형식도 실은 희랍극에 내재되어 있던 것이다. 이러한 점을 고려할 때, 최근 희랍극에 대한 논의가 활발해졌으며 공연 횟수도 늘어 가고 있음은 다행스러운 일이다.

희랍극은 우리와 시간 공간적으로 멀리 떨어져 있는 남의 것이 아니라 인종, 민족, 국가, 세월의 흐름을 초월한 인류 모두의 문화유산으로 여겨져야 한다. 우리 전통극이 한국이라는 한 지역의 산물이 아니라 전 세계 사람이 공감할 수 있는 연극으로 인정되는 것처럼 말이다.

위대한 인류 문화의 유산인 희랍극에 대해 연구를 활발히 하고, 연극 분야뿐 아니라 예술 전 분야에 끼친 희랍극의 영향을 깊이 음미하고 재조명할 때 우리의 예술 문화도 더욱 풍성해질 것이다.

1994년 6월

이근삼(극작가·서강대 신문방송학과 교수)

책머리에

신문학 이후, 우리나라에서는 많은 서구의 문학 작품이 번역 소개되어 왔고, 덜 정돈된 상태로 남겨진 우리의 전통과 충돌하면서 모방과 혼란의 소용돌이를 거쳐 왔다.

서구 문학을 수용하는 태도, 전통 속에서의 올바른 승화, 새로운 창조적 형상화 등 외국 문학을 소화하는 데는 뛰어넘어야 할 여러 어려운 문제가 따르며 무엇보다 민족 문학에서 세계 문학으로의 지향을 모색하는 데는 더욱 큰 난관을 뚫고 나가지 않으면 안 된다.

우리는 호메로스를 읽었고, 초서를 알고 있으며, 단테와 밀턴과 괴테를 알고 있다. 셰익스피어의 풍요함과 톨스토이의 거봉巨峰과 도스토예프스키의 준열함을 우리는 느낄 수 있다. 카뮈를 알고 조이스와 프루스트와 포크너를 알고 있고, 그리고 더욱 많은 현대의 작가를 알고 있다.

그런데도 줄기찬 전통으로 이어지는 이 수많은 문학 작품 속에서 너무도 뛰어난 저 그리스(희랍)의 문학 작품을 지나쳐 버릴 수 있을 것인가.

서구 문학은 그리스의 호메로스한테서 비롯되었고, 아테네의 전성기에 등장한 3대 비극 작가와 희극 작가는 이를 더욱 극적으로 승화시켜, 서구 문학의 출발에 눈부신 서광을 비쳤던 것이다.

그리스 인들은 현실에 충실하였고 자유를 사랑하였다. 그들은 인간을 존중하고 인간 중심으로 살았다. 기원전에 이미 그들은 민주주의가 무엇인가를 알고, 그것을 실천하였으며, 오늘날 20세기 후반에 이르기까지 매우 발전한 세계적인 사상의 근원을 이루었던 것이다.

밝고 의지에 찬 그리스 인들의 생활 감정을 그들의 극작품을 통하여 이해하고, 그것이 서구의 전통 속에서 역사의 발전과 함께 어떻게 변모해 왔는가를 탐구하는 것은 바로 세계 문학을 해석하는 근본 문제일 것이다. 그리고 그것은 예술·종교·철학·역사·사상에 이르기까지 광범하게 해당될 것이다.

세계를 이해하는 데, 그리고 나아가서는 세계의 시원始源을 꿰뚫어 보는 데, 그리스의 극작품들이 큰 도움이 될 것을 굳게 믿는다.

1968년 10월 5일

조의설(한희협회 회장)

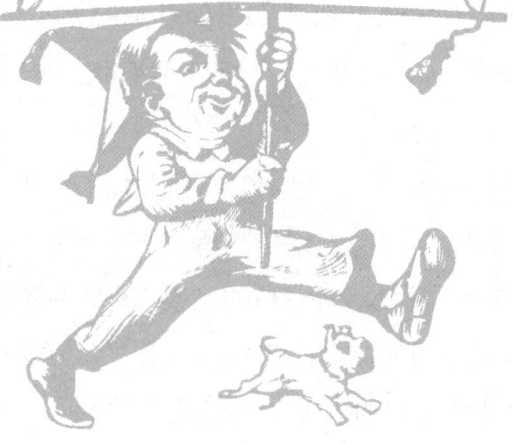

차 례

아리스토파네스 · 메난드로스 편

아리스토파네스 편

　벌 / 평화 / 리시스트라테

아리스토파네스 편

구름

새

구름

The Clouds

나영균 옮김

등장인물

스트레프시아데스	시골 신사
페이디피데스	아들
하인	
제자들	소크라테스의
소크라테스	
코로스	구름의 합창대
정론正論	
사론邪論	
파시아스	채권자
입회인	파시아스의
아미니아스	
카이레폰	채권자

장소

스트레프시아데스의 집 안, 그와 아들 페이디피데스가 누워 있다.
새벽, 이 집 곁에 집이 또 한 채 보인다. 소크라테스가 경영하는 학
원이다.

스트레프시아데스 아, 아, 제우스님, 밤이란 왜 이렇게 긴지 끝이 없군요. 언제까지 밤이 새지 않으려나. 벌써 수탉의 울음소리를 분명 들었는데 하인들은 아직도 코를 골며 잠만 자고. 예전에는 이러지 않았는데, 빌어먹을 전쟁, 거덜 나고 말지. 이런 때엔 하인을 혼쭐내지도 못하거든.[1] 거기다가 이 대견한 내 아들은 잠을 깨기는커녕 다섯 장의 모포를 덮고 방귀를 뀌고 있으렷다.

좋아, 뜻대로 하시지. 나도 이불을 덮고 코를 골아 볼까.

하지만 한심스럽게도 잠이 오지 않는다. 여기 이 아들 덕택으로 낭비에 어이없는 빚투성이. 그런데 이놈은 머리를 길게 기르고 말을 타고 다닌다, 쌍두마차를 몰고 다닌다, 심지어 꿈속에서도 말을 타고 다니거든.[2] 그러니 나는 파산 지경, 초승달이 그믐달이 되면 이자가 걷잡을 수 없이 늘어난다. (하인에게) 야, 등잔을 켜라. 그리고 장부를 가져와. 몇 사람에게 빚이 있고 이자가 얼만가 계산을 해야지. 그래, 빌린 돈은? 파시아스에게 십이 무나. 왜 파시아스에게 십이 무나를 빌렸나? 뭐에 썼더라? 그렇지, 곳파의 낙인이 찍힌 말[3]을 살 때였군. 아, 한심스럽다. 차라리 내 눈알을 돌로 산산조각 내지.

페이디피데스 (잠자며) 필로, 반칙이야. 자기 코스를 달려.

스트레프시아데스 이야말로 나를 파멸시킨 화근, 잠을 자면서도 마차 경주에 열중하다니.

페이디피데스 (잠자며) 마차는 코스를 몇 번 달려야 하지?

스트레프시아데스 아비인 나를 몇 번이고 골탕 먹였지. 그래 파시아스, 다음엔 어떤 재난이 기다리고 있나? 아미니아스에게 삼 무나, 차체와 차바퀴의 대금이라.

페이디피데스 (잠자며) 말을 잘 다스려서 공을 굴리듯 집으로 끌고 가라.

스트레프시아데스 그런데 너는 나를 집에서 공을 굴리듯 쫓아내고 말았다. 재판에 회부되고 거기다가 이자 명목으로 차압을 한다는 놈이 없나…….

페이디피데스 (잠을 깨며) 응……. 아버님, 뭘 밤새 중얼거리며 잠꼬대를 하고 계십니까?

스트레프시아데스 응, 요 밑에서 집달리가 기어 나와서 나를 문단 말이야.

페이디피데스 제발 잠 좀 자게 해주세요.

스트레프시아데스 그럼 너는 자려무나. 그렇지만 이 모든 빚이 송두리째 네 어깨에 매달리게 될 거라는 걸 잊어서는 안 돼. 빌어먹을, 중매쟁이 할멈, 뻗어 버려라. 나를 네 어머니와 결혼시키다니.

나는 시골에서 명랑한 생활, 몸치장에 신경 쓰지 않고 멋을 부릴 것도 없는, 그러나 마음 편한 생활. 꿀벌, 염소, 말린 올리브가 풍족했어.

그렇게 시골뜨기이던 내가 도회지 처녀, 메가클레스의 아들인 메가클레스[4]의 조카와 결혼했다. 시치미를 떼고 사치스러운 코이시라, 그녀와 결혼했더니 첫날밤 잠자리에서 나는 술을 담근 통과 무화과를 말린 판자, 양모의 향기를 풍겼는데 여자는 향료, 사프론, 혀를 빠는 입맞춤, 냄비에 식도락, 코리아스와 게네틸리스[5]에 가득 차 있었다. 그녀를 결코 게으름뱅이라고 할 수는 없다. 오히려 너무나 억세게 일하려 든다. 나는 이 낡은 옷을 보이며 흔히 말했지. '넌 너무 억세게 일을 한다.[6]'고.

하인 램프에 기름이 없는데요.

스트레프시아데스 뭐라고, 이 멍청이. 왜 램프에 기름이 없지? 이리 와, 두들겨 줄 테니까.

하인 왜 맞아야 하나요?

스트레프시아데스 굵은 심지를 넣었으니까 그렇지. 그래 그 후 우리들 둘이, 나와 아내는 여기 이 아들이 태어났을 때, 이번엔 이름 때문에 싸웠지. 마누라는 이름에 히포스 즉, '마馬' 자를 써서 크산티포스, 아니면 카이리포스 같은 이름을 지으려 하고 나는 조부님의 페이도니데스로 하자 하고. 그리하여 상당히 논쟁을 한 후 그 중간으로 페이디피데스란 이름을 지은 거지. 이 애를 안고 마누라는 사탕발림 말을 했지. '네가 커서 아크로폴리스에 말을 몰고 갈 때는 마치 메가클레스처럼 자줏빛 망토를 휘날리며 가거라.' 하고. 그러나 나는 '언덕에서 양 떼를 몰 때는 마치 네 부친처럼 가죽 옷을 입어야 한다.' 고 흔히 말했지.

그런데 이 애는 내 말은 전혀 귀담아 듣지 않고 내 재산을 날뛰는 말처럼 까먹었거든.

그래 하룻밤을 꼬박 새워서 생각한 끝에 겨우 한 줄기 구원의 길을 발견했어. 둘도 없는 대단한 오솔길, 이 애가 이 길을 따라 주면 나는 구원되련만.

하지만 우선 이 애를 깨워야 할 텐데 어떻게 하면 비위를 거슬리지 않고 깨운다? 페이디피데스, 페이디피데스야!

페이디피데스 왜 그러시죠, 아버님?

스트레프시아데스 나를 안아 주렴. 그리고 바른손으로 악수해 다오.[7]

페이디피데스 (그대로 하며) 자, 무슨 일이죠?

스트레프시아데스 애야, 넌 내가 좋으냐?

페이디피데스 (방안에 있는 포세이돈의 상을 가리키며) 말의 신, 저기 계시는 포세이돈[8]에 맹세코.

스트레프시아데스 안 돼, 안 돼, 말 자가 붙은 건 질색이다. 저 신이 내 화근이니까. 하지만 정말 내가 좋다면 내 말을 들어 주렴.

페이디피데스 글쎄요, 무슨 말인데요?

스트레프시아데스 네 생활을 서슴지 않고 바꿔서 내가 하는 일을 배우는 거야.

페이디피데스 그래, 바라시는 것은?

스트레프시아데스 들어주겠니?

페이디피데스 그럼요, 디오니소스님께 맹세코.

스트레프시아데스 자, 이쪽을 보렴, 저 문과 집이 보이지?

페이디피데스 보입니다. 그런데 저게 대체 뭐죠…… 아버님?

스트레프시아데스 저건 현명한 영혼을 가꾸는 학원이다. 저기엔 하늘은 우리를 에워싼 가마, 우리는 그 속의 숯이라, 이런 이론을 펼치는 인간들이 살고 있다. 돈만 지불하면 저 사람들은 변론으로 옳든 그르든 간에 이기는 법을 가르쳐 준단다.[9]

페이디피데스 누군데요?

스트레프시아데스 이름을 똑똑히 알지는 못하지만 대단한 선생, 신사인가 보더라.

페이디피데스 흥, 악당들이죠, 알고 있습니다. 그 허풍선이들, 창백한 얼굴에 맨발로 다니는 작자들[10], 저 어이없는 소크라테스와 카이레폰[11]의 패거리들 말이죠.

스트레프시아데스 야, 닥쳐라. 멍청한 소리 마라. 하지만 아비의 돈에 대해 조금이라도 걱정이 된다면, 말馬과는 깨끗이 손을 끊고 저 사람들 속에 끼도록 해라.

페이디피데스 딱 질색이에요. 레오고라스가 기르고 있는 파시스 산 말을 준대도 싫어요.

스트레프시아데스 자 부탁이다, 세계에서 제일 귀여운 애야, 가서 배우도록 해라.

페이디피데스 도대체 뭘 배우라는 겁니까?

스트레프시아데스 들리는 말에 저 사람들에겐 두 개의 이론이 있다고 한다. 잘 모르지만 강한 쪽과 약한 쪽.

그 중 한쪽 즉 약한 쪽을 악한 것으로 변론하면서 이기게 한다는 거야.[12] 그래 만약 이 사론邪論이라는 걸 배우면 네 덕택으로 지금 짊어지고 있는 빚을 한 푼도 갚지 않아도 될 게 아니냐?

페이디피데스 싫어요. 내 깃발이 아주 넝마가 되어서 기사들을 만날 체면이 서야죠.

스트레프시아데스 그렇다면 곡식의 여신에 맹세코 내 것을 먹여주지 않겠다. 너도, 네 마차 끄는 말도, 시그마(Σ)자 표지의 말도 집에서 쫓아내고 말 테다.

페이디피데스 하지만 백부님인 메가클레스께서 내가 말이 없다면 가만히 계시겠어요? 집으로 가야지, 백부님께서 엊그제 오셨는걸.

스트레프시아데스 하지만 나도 업어치기를 당했다고 해서 그대로 뻗지는 않을걸. 신들께 기도드리고 내가 직접 학원에 가서 배워야지. 그러나 늙고 건망증이 심하고 느림보인 내가 어떻게 날카로운 논리의 무늬를 배울 수 있담? 그러나 가야 해. 왜 여기서 주저한단 말이냐, 자 문을 두드리자, 여봐라!

(스트레프시아데스, 학원의 문을 두드린다. 제자 한 사람이 다음과 같이 중얼거리며 등장)

제자 빌어먹을, 문을 두드리는 게 누구야?

스트레프시아데스 키킨나 출신 페이돈의 아들 스트레프시아데스.

제자 멍텅구리 배우지 못한 자, 그렇게 조심성 없이 남의 집 문을 심하게 발길질해서, 겨우 찾아낸 사상을 유산流産시키다니.

스트레프시아데스 용서하십시오. 나는 멀리서 온 시골 사람이니까. 하지만 유산한 게 뭔지 가르쳐 주시구려.

제자 제자가 아닌 사람에게 말하는 건 위법이야.

스트레프시아데스 염려 말고 말해 봐요. 나는 이 학원의 제자가 되기 위해서 왔으니까.

제자 말하지, 하지만 이건 비밀이오. 소크라테스가 카이레폰에게 조금 전에 물어봤지. 벼룩은 대체 그 발 길이의 몇 배를 뛸 수 있는가 하고. 그것도 벼룩 한 마리가 카이레폰의 눈썹을 물고, 이어서 소크라테스의 머리에 뛰어갔기 때문이지만.

스트레프시아데스 어떻게 쟀나요?

제자 멋있는 방법이지. 먼저 초를 녹인 다음, 벼룩을 잡아서 그 양쪽 발에 초를 묻힌다. 그리고 그것이 식어서 굳으면 페르시아 풍의 신이 되거든. 이걸 벗겨서 거리를 잰다 이겁니다.

스트레프시아데스 아, 제우스님, 얼마나 날카로운 머리냐!

제자 그럼 소크라테스의 또 한 생각을 들으면 뭐라고 말할 테요?

스트레프시아데스 어떤 생각인데요? 제발 가르쳐 주시구려.

제자 벌과 같은 모양의 스페티아 출신의 카이레폰이 그에게 물었습니다. 파리매는 입으로 노래하는가, 엉덩이로 노래하는가?

스트레프시아데스 그래 선생님께서는 뭐라고 하셨나요?

제자 선생님께서 말씀하시기를, 파리매의 배는 가는데 이 좁은 데를 통해서 숨결이 세차게 곧바로 달리면 좁은 데에 붙어 있는 공동空洞의 엉덩이가 바람의 힘으로 울려서 소리가 난다는 겁니다.

스트레프시아데스 그럼 파리매의 엉덩인 나팔이군요! 오, 행복한 자, 뱃속을 들여다보는 힘을 지녔구나. 파리매의 뱃속까지 알고 있는 사람은 고소되어도 쉽사리 재판에 이길 수 있겠지.

제자 어젯밤에는 대단한 사상이 청개구리 때문에 허사가 되고 말았어.

스트레프시아데스 왜요? 말씀해 주세요.

제자 선생께서 달이 움직이는 길과 회전을 관찰하시느라고 하늘을 향해서 입을 멍하니 벌리고 계셨거든. 이때 지붕 위에서 청개구리가 아닌 밤중에 소변을 갈긴 거요.

스트레프시아데스 소크라테스 위에다 소변이라……, 이건 마음에 드는데요.

제자 그리고 어제는 우리들 모두 저녁 식사를 못할 뻔했지.

스트레프시아데스 그래 밥을 먹는데 어떤 수를 썼나요?

제자 책상 위에 잿가루를 깔고 가느다란 철봉을 둘로 부러뜨려서 컴퍼스처럼 이걸 들고 씨름판에서 코트를 슬쩍한 거지.

스트레프시아데스 이건 저 탈레스[13] 선생도 어림없군. 자 열어 주오. 학원의 문을 선뜻 열어 주오. 당장 소크라테스를 만나게 해주구려. 나는 배우고 싶어서 죽을 지경, 자 문을 열어 주오. 어, 헤라클레스님, 이건 도대체 무슨 짐승들이오?[14]

제자 뭘 놀라요, 저 사람들이 뭐 같아요?

스트레프시아데스 저 필로스에서 잡아 온 라코니아 인들 같군요. 그런데 왜 저자들은 땅바닥을 보고 있지요?

제자 저 사람들은 지하의 칡을 찾고 있는 거요.

스트레프시아데스 그럼 칡을 찾고 있나 보군요. 그럴 것 없어요. 나는 크고 근사한 것들이 있는 데를 알고 있으니까. (딴 한 패의 사람들을 보며) 저렇게 심하게 엎드려 있는 자들은 무얼 하고 있는 건가요?

제자 타르타로스[15]의 밑에까지 저승을 탐구하고 있는 거지.

스트레프시아데스 그럼 왜 엉덩이가 하늘을 바라보고 있지요?

제자 그건 그것대로 천문학 수업을 받고 있는 거지. 자 들어와요. 선생님께 들키면 안 되니까.

스트레프시아데스 잠깐 기다려요, 저치들에게 물어볼 게 있으니까.

제자 하지만 저 사람들은 밖에서 공기를 너무 오래 쐬면 안 되는 거요.

(제자들이 퇴장하고, 석상 두 개가 서 있는 것이 보인다.)

스트레프시아데스 오, 신이여, 이건 도대체 뭡니까?

제자 이건 천문학.

스트레프시아데스 그럼 저건?

제자 기하학!

스트레프시아데스 뭣에 쓰는 겁니까?

제자 땅을 재기 위한 거지.

스트레프시아데스 분배하기 위한 건가요?

제자 아니 전체를 재는 거지.

스트레프시아데스 그럴싸하군요. 그 생각은 민중적이며 유익한 데요.[16]

제자 (지도를 가리키며) 보시오, 여기에 전 세계의 지도가 있소. 자, 이게 아테네요.

스트레프시아데스 뭐라고요. 그건 거짓이다. 배심원들이 앉아 있는 게 보이지 않으니까.[17]

제자 정말 여기가 아티카 땅이오.

스트레프시아데스 그리고 내 고향 키킨나 사람들은 어디 있지요?

제자 여기에 있지. 봐요, 여기가 에우보이아니까 멀리 육지를 따라 뻗어 있지.

스트레프시아데스 알았어요, 우리 고향과 페리클레스로부터 뻗어 있군요. 하지만 라케다이몬[18]은 어디 있지요?

제자 글쎄……. 이거지.

스트레프시아데스 이렇게 가깝다니. 이놈을 우리들 멀리 쫓아 버리도록 배려해 주실 수 없을까요?

제자 그건 안 될 말이지.

스트레프시아데스 나중에 뉘우칠 텐데. (뒤를 보고) 어, 바구니에 타고 있는 저 사람은 누구죠?

제자 그분이지.

스트레프시아데스 그분이라니?

제자 소크라테스.

스트레프시아데스 여봐요, 소크라테스. 여봐요. 저 사람을 큰 소리로 불러 주시오.

제자 당신이 부르구려. 난 틈이 없으니까.

(제자 퇴장)

스트레프시아데스 여봐요, 소크라테스. 여봐요, 소크라 양반!

소크라테스 왜 나를 부르나, 바쁜 세상에.

스트레프시아데스 첫째로 뭘 하고 계시는지 가르쳐 주시오, 제발.

소크라테스 하늘을 거닐고 해님을 바라보고 있소.

스트레프시아데스 그럼 당신은 바구니에서 신들을 내려 보고 계시는 거요? 하여튼 지상에서 바라보는 것은 아니니까.

소크라테스 정말로 내 정신을 공중에 매달아서 날카로운 사색을 동류(同類)인 대기와 혼합하지 않으면 하늘의 현상을 올바르게 파악할 수 없소. 땅에 있으면서 밑에서 하늘의 현상을 바라보기만 했다면 나는 도저히 파악하지 못했을 거요. 분명 대지는 사색의 달콤한 즙을 억지로 자기에게 끌어당기는 거요. 거머리와 같다고 할까……

스트레프시아데스 뭐라고요? 사색이 달콤한 즙을 거머리에게 끌어당긴다고요? 자, 소크라 양반, 나 있는 곳으로 내려오십시오. 내가 배우려고 온 것을 가르쳐 주십시오.

소크라테스 (내려와서) 무엇 때문에 왔소?

스트레프시아데스 변론술을 배우러 왔습니다. 당치도 않은 엄청난 빚을 짊어진 한심한 신세. 괴로움을 당하고 재산은 차압되었소.

소크라테스 왜 빚을 짊어졌소, 멍청하게?

스트레프시아데스 말馬병에 걸려서 녹은 겁니다. 이건 대단한 병입니다. 자, 당신의 두 변론 중 하나, 한 푼도 갚지 않는 걸 가르쳐 주시오. 답례는 얼마든지 신들에 맹세코 드리겠습니다.

소크라테스 신들에 맹세한다? 첫째로 알아 두어야 할 것은 신은 우리들 사이에서는 통용되지 않는 화폐요.

스트레프시아데스 그럼 무엇을 두고 맹세할까요? 비잔티움에서처럼 쇠돈에 할까요?

소크라테스 그대는 신의 세계의 일들이 어떤 것인가 분명히 알고 싶은가?

스트레프시아데스 그렇습니다, 가능하다면.

소크라테스 그리하여 우리들의 여신 '구름'과 이야기를 주고받고 싶은가?

스트레프시아데스 그렇습니다.

소크라테스 그렇다면 그 성스러운 자리에 앉으시오.

스트레프시아데스 자, 앉았습니다.

소크라테스 그리고 이 머리 장식을 받아요.

스트레프시아데스 뭣에 씌우게요? 이건 안 될 말, 소크라테스 선생, 아타마스처럼 희생 제물이 되고 싶지는 않소.

소크라테스 그게 아니오. 이건 처음 온 자면 누구에게나 하는 거요.

스트레프시아데스 그렇게 하면 어떤 이익이 있나요?

소크라테스 언변에는 당할 자 없는 허풍쟁이, 가늘기론 보릿가루처럼 되지. 자, 가만히 있어요.

스트레프시아데스 이건 정말 거짓이 아니군. 머리에 뿌려져서[19] 진짜 가루가 되어 버렸어.

(소크라테스는 종교 의식을 흉내 내 제신을 부르는 말을 왼다.)

소크라테스 늙은이여, 잠자코 나의 기도에 귀를 기울여라. 오, 우리를 다스리는 주님. 끝없는 대기, 대지를 하늘에 지탱케 하는 빛나는 아이테르[20]여, 천둥소리 울려 퍼지는 거룩한 구름의 여신들이여. 하늘 높이 치솟으며, 오, 여왕님이여, 길을 모색하는 자에게 임하시옵기를.

스트레프시아데스 잠깐 기다려요. 흠뻑 젖지 않기 위해 이걸 뒤집어 쓸 때까지 기다려요. 모자를 쓰지 않고 집을 나오다니 나는 재수 없는 바보야.

소크라테스 이곳으로, 이곳으로 거룩한 구름의 여신이여, 임하소서. 올림포스의 눈 덮인 성스러운 봉우리에 머무르고 계시건, 아버지인 바다의 즐거운 뜰에 님프들을 위해 성스러운 춤을 추고 계시건, 나일 강 입구에서 황금의 물소리에 물을 긷고 계시건, 마이오티스 바다 아니면 눈에 덮여 빛나는 미마스 산정에 계시건, 제물을 받으시고 제전을 기꺼이 여기시어 귀를 기울여 주십시오.

(이때 소크라테스의 청원을 받아들인 구름의 여신들의 코로스가 아직 모습을 나타내지 않은 채 무대 밖에서 노래한다.)

코로스 (노래)

언제나 떠도는 구름인 우리, 이슬에 젖은

빛나는 알몸을 드러내고 하늘 높이 올라가자.

무거운 응얼댐에 메아리치는 아버지인 바다에서

높이 솟은 산과 산의 나무가 우거진 정상으로

거기서 아득히 펼쳐져 있는 봉우리들을 보자.

풍요하게 뻗어 있는 성스러운 대지를

그리고 물소리 드높은 거룩한 강

저음으로 노래하는 바다를.

피로를 모르는 하늘의 눈동자[21]가

눈부신 빛의 한복판에서 번뜩이고 있거늘.

그렇지, 비를 부르는 안개를 이 불사의 모습에서 떨어 버리고

아득히 먼 곳을 바라보는 이 눈으로 대지를 굽어보자.

소크라테스 오, 이를 데 없이 거룩한 구름의 여신들, 나의 청원을 받아들여 주셨군요. 저 소리, 울려 퍼지는 저 거룩한 신의 메아리를 들었는가?

스트레프시아데스 하느님 맙소사. 거룩하신 분들, 신의 메아리를 받아 나도 울리고 싶어졌어. 그토록 여러분이 무섭고 떨리는군. 좋건 궂건 이제 견딜 수 없다. 똥을 깔기고 싶다.

소크라테스 그 희극들처럼 농지거리나 하지 말고 닥쳐요. 여신

들께서 드높이 노래를 부르시려 하고 있는데.

코로스 (노래)

　우리는 비를 부르는 처녀

　팔라스의 풍요한 토지

　용사들이 넘쳐흐르는 케크로프스의

　복된 나라를 보러 가자.

　그곳에선 비밀의 의식이 행해지고

　거룩한 제전에 입회자를 깊숙한 신전에 불러서

　하늘의 신들에겐 제물이 바쳐지고

　높이 솟은 신의 전당, 석상이 즐비하게 서고

　복된 사람들의 거룩한 행렬은 줄을 짓고

　아름다운 화관으로 장식된 춤과 제전

　봄에는 브로미오스의 기쁨에 넘쳐흐르고

　맑은 음성의 코로스는 서로 겨루고

　깊은 소리의 피리 소리는 울린다.

스트레프시아데스 소크라테스님, 제발 저 장엄한 노래를 부른 분들이 누구인가 가르쳐 주십시오. 선조의 여신님들인가요?

소크라테스 천만에. 하늘의 구름의 여신, 건달 신사들을 돌보는 여신들. 이 여신들은 판단, 대화법, 이성을 우리에게 주시고, 또한 허풍선이 위압법威壓法, 완곡법腕曲法, 분쇄술粉碎術에 파악술把握術을 내리신 거야.

스트레프시아데스 여신들의 음성을 듣고 나의 넋은 하늘에 날아가고 이제 험상궂은 언변에 이유를 달고 주장에 주장을 겹쳐서 토론이 하고 싶어 죽을 지경, 그러므로 만약 가능하다면 속히 이 눈으로 여신들을 뵙고 싶소.

소크라테스 자, 저기 파르네스 쪽을 봐요, 나에게 벌써 여신들이 조용히 내려오는 게 보이는데.

스트레프시아데스 네, 어디에? 가르쳐 주시오.

소크라테스 떼를 지어 계곡의 덤불을 지나 비스듬히 걸려 있는.

스트레프시아데스 어찌 된 영문인지, 전혀 보이지 않는데.

소크라테스 입구를 봐요.[22]

스트레프시아데스 그렇군, 겨우 조금 보이는군요.

소크라테스 그대가 눈뜬 장님이 아니라면 이제는 보일 테지.

스트레프시아데스 틀림없어요. 오, 거룩한 분들. 이제 모든 것에 넘쳐흐르는군요.

소크라테스 그럼 그대는 이분들이 여신인 것을 모르고 그렇게 생각하지도 않았단 말인가?

스트레프시아데스 그렇죠. 안개요, 이슬이요, 연기라고 생각하고 있었소.

소크라테스 그럼, 그대는 얼마나 많은 궤변의 선생님들을 이분들이 먹여 살리고 있는지 모르나 보군? 투리오이의 점쟁이, 돌팔이 의사, 희멀건 자주색 차돌에 긴 머리 사내들, 주신을 노래하는 코로스 대원들, 별로 점을 치는 엉터리들, 또 아무 일도 하지 않는 게으름뱅이들을, 자기를 찬양한대서 이분들이 먹여 살리는 거야.

스트레프시아데스 그럼, 그치들이 '멀리서 밀려오는 빛을 되돌리는 물을 머금고', '백 개의 머리 티폰의 머리칼', '폭풍에 광란하는 뇌성 벽력', '하늘의 처녀, 물의 처녀', '하늘 높이 춤추는 독수리', '이슬에 젖은 구름의 이슬비' 따위를 지은 것은 그런 이유에서였군요. 그 대신 그들은 소금에 절인 크고 근사한 가자미와 배설조의 고기를 먹는 거죠.

소크라테스 하지만 상을 받는 것은 당연하지.

스트레프시아데스 이분들이 정말 구름이라면 도대체 왜 인간 중에서 여성을 닮았는가 가르쳐 주십시오. 저 하늘의 구름은 그렇지 않은데.

소크라테스 그럼 어떻다는 거지?

스트레프시아데스 잘은 모르지만 하여튼 양털을 펼쳐놓은 것 같고 여자들을 닮지는 않았어요. 그런데 그분들은 코가 있으니까요.

소크라테스 그렇다면, 나의 질문에 대답하시오.

스트레프시아데스 자, 무엇이든 빨리 물어보시오.

소크라테스 하늘을 바라보고 이제까지 켄타우로스족[23]이나 표범, 늑대, 암소를 닮은 구름을 본 적이 있나요?

스트레프시아데스 있지요. 그래 그게 어떻다는 겁니까?

소크라테스 구름은 원하는 대로 무엇이든 될 수 있는 거요. 그래서 그 털보 중의 한 사람, 크세노판테스의 아들 같은 야만인을 만나면 그자의 미친 수작을 놀려 주기 위해 켄타우로스가 되는 거지.

스트렙시아데스 그럼 공금을 횡령한 키몬을 보면 무엇이 되나요?

소크라테스 그자의 성격을 보여 주기 위해 갑자기 늑대가 되지.

스트렙시아데스 그럼, 어제 방패를 던지고 달아난 클레오니모스를 봤을 때, 그자가 이 세상에서 가장 비겁한 자임을 알고 사슴이 되었다 이거군요?

소크라테스 그리고 이번에는 클레이스테네스[24]를 봤기에 저렇게 여자가 된 거지.

스트렙시아데스 그렇다면 여왕님 만세! 그리고 이제야말로 아무에게도 뒤지지 않고 나에게 하늘 가득히 울려 퍼지는 울림 소리를 내주십시오. 오, 여왕님.

코로스장 나이 든 노인이여, 심오한 학문의 탐구자여, '안녕하시오?

그리고 그대, 섬세하고 날카로운 변론을 시중드는 신관이여, 희망을 말하시오. 그대 외에 지금 세상에서 헛들여다보는 선생님들에겐 귀를 기울이지 않겠소. 프로디코스[25]는 예외지만.

그 사람은 지혜와 의견의 덕택, 그대는 아주 뽐내며 걸어 다니고, 좌우를 곁눈으로 노려보고, 맨발로 겹치는 재난도 두려워하지 않고, 우리들 덕택으로 엄숙한 표정을 짓고 있을 수 있기 때문.

스트렙시아데스 오 대지여, 어이 된 음성. 이렇게 거룩하고 엄숙한 영검에 차 있는가!

소크라테스 이분들만이 신, 딴것은 모두가 헛소리에 지나지 않아.

스트레프시아데스 그럼, 저 대지에 맹세코 올림포스의 제우스님은 신이 아닌가요?

소크라테스 제우스라고? 멍청한 소리, 제우스 같은 건 존재하지 않아.

스트레프시아데스 그렇지만? 그럼 비는 누가 오게 하나요? 이건 우선 설명되어야 할 텐데.

소크라테스 이분들이지. 대단한 증명을 해서 그걸 가르쳐 주지. 도대체 구름 없이 비가 오는 것을 이제까지 본 적이 있나? 그렇지 않다면 이분들이 딴 데 가 있는 사이 제우스가 푸른 하늘에서 비를 오게 할 게 아니야.

스트레프시아데스 그렇군요. 그럴듯하게 맞아 들어 가는데. 이제까지 나는 정말로 제우스가 체를 흔들어 줄줄 비를 내리는 줄 알았지. 그럼 천둥을 울리게 하는 것은 누구죠? 나를 두려움에 떨게 하는 천둥소리는?

소크라테스 이분들이 뒹굴면서 울리게 하는 거지.

스트레프시아데스 어떻게? 당신은 엉뚱한 사람이군요?

소크라테스 많은 물로 가득 차서 할 수 없이 운동을 하게 되고, 빗물로 가득 채워져 하늘에서 밑으로 처지면 필연적으로 무거워져서 서로 격돌하고 파열해서 소리를 내게 되는 거요.

스트레프시아데스 하지만 그 구름을 움직이는 자는 누군가? 제우스님이 아닌가요?

소크라테스 천만에, 그것은 하늘의 소용돌이요.[26]

스트레프시아데스 소용돌이! 그건 몰랐는데요. 제우스가 없고 그 대신 이번에는 소용돌이가 지배한다……. 하지만 아직 천둥소리, 그 울림 소리를 설명해 주지는 않았소.

소크라테스 구름이 물로 충만하고, 그 밀도 때문에 서로 충돌해서 소리를 낸다는 나의 이론을 들었을 텐데.

스트레프시아데스 하지만 그걸 어떻게 믿을 수 있소?

소크라테스 그대를 예로 들어 설명하지. 판 아테나이아 축제에서 진한 국물을 가득 처먹고 배가 이상해져서 갑자기 배가 우르렁우르렁거리기 시작한 적이 없나?

스트레프시아데스 정말, 갑자기 대단해져서 배가 이상해지고 국물은 벼락 같은 소리를 내고 드르렁거리기 시작했어요. 처음엔 슬며시 뽕, 뽕, 다음엔 뽕뽕, 빵빵, 그리고 달려오면 저분들처럼 제멋대로 우르렁, 드르렁.

소크라테스 자, 보시오. 이 하찮은 작은 배에서 얼마나 엄청난 소리가 나는가. 그런데 하늘은 끝이 없거늘 어찌 큰 천둥소리를 일으키지 않는다는 법이 있겠소. 거기다가 '벼락'과 '방귀'는 똑같이 'ㅂ'으로 시작하잖아?

스트레프시아데스 하지만 번개는 섬광을 번쩍거리며 어디서 오는가, 그걸 가르쳐 주십시오. 그리고 벼락이 우리를 쳐서 불태우고 생물을 재로 만드는데 이건 분명히 제우스님이 맹세를 저버린 자들에게 내리는 거요.

소크라테스 멍텅구리, 시골뜨기, 시대에 뒤떨어진 자. 정말로 그렇다면 도대체 왜 키몬을, 클레오니모스를, 테오로스를 재로 만들지 않지? 맹세를 저버린 점에서는 둘째가라면 서러운 작가들인데. 그러고는 자기의 신전과 '아테네 땅이 끝나는 곳 수니옴'[27] 그리고 큰 떡갈나무를 벼락 친다······. 설마 떡갈나무가 거짓 맹세를 한 것은 아닐 텐데.

스트레프시아데스 뭐가 뭔지 모르겠군요. 하지만 당신 말은 정말 같군요. 그럼 섬광은?

소크라테스 구름 속에 건조한 바람이 불어 가서 그 속에 갇히면, 속에서 구름을 마치 오줌보처럼 팽창시키고, 마침내는 압력으로 구름을 찢고 밖으로 터져 나온다······. 그 충격과 터져 나오는 힘으로 스스로를 불태우는 거지.

스트레프시아데스 정말 그렇군요. 나는 언젠가 디아시아 제전 때 그런 꼴을 당했지. 친척들을 위해서 창자를 굽고 있었는데, 구멍 뚫는 것을 깜박 잊었거든.

그랬더니 이게 팽창해서 갑자기 터지는 바람에 나의 양쪽 눈에 똥이 튀기고 얼굴을 숯검정으로 만들더라 이 말씀이야.

코로스장 오, 인간이여. 커다란 지혜를 우리로부터 얻으려는 자, 아테네와 헬라스 사람들 사이에서 복 받은 자가 되리라.

만약 그대가 기억력 좋고 사색에 잠기며 인내심 많고, 서 있거나 걷거나 지치지 않고, 추위에 지지 않고 점심을 먹으려 하지 않으며 술과 운동장[28] 그 밖에 부질없는 짓을 하지 않고 지성인답게 재판장의 변론이나, 의회의 대견치 않은 입씨름에서도 승리를 거둔다는 것을 비할 데 없는 영광으로 생각한다면.

스트레프시아데스 군은 마음과 잠잘 겨를 없이 괴로움과 검소하고 궁핍한 채식에 관한 거라면 염려하실 것 없습니다. 단련을 기꺼이 받겠습니다.

소크라테스 그럼 우리들이 숭상하는 이외의 어떠한 신도 믿지 않으며, 다만 삼위三位 즉 허공의 신, 구름의 신 그리고 혓바닥님뿐이라는 걸 알아야 해.

스트레프시아데스 정면에서 만날지라도 다른 신들에겐 모르는 체, 제물을 바치지도 않고 헌주도 하지 않으며 향을 피우지도 않겠습니다.

코로스장 자, 서슴지 말고 청원을 말하시오. 우리를 존경하고 앎의 길을 찾는다면 결코 우리의 은총에서 벗어나는 일이 없을 터.

스트레프시아데스 오, 신이여, 대단치 않은 조그마한 소원. 그리스 사람 가운데 뛰어난 웅변의 대가가 되고자 합니다.

코로스장 소원을 들어 드리지. 이 다음부터 아무도 그대 이상으로 의회에서 결의안을 통과시키는 자는 없을 거요.

스트레프시아데스 아니, 그렇게 대단한 의안 같은 것은 아닙니다. 나의 소원은 그런 게 아니라 재판을 슬쩍 뒤엎어서 빚쟁이의 손을 슬그머니 빠져나오는 겁니다.

코로스장 소원은 들어 드리죠. 그대의 청원은 대단한 것이 아니니까. 자 서슴지 말고 우리의 사도에게 몸을 맡기시오.

스트레프시아데스 여러분을 믿고 그렇게 하겠어요. 말과 낙인 표시, 나를 망하게 한 결혼 때문에 도저히 지탱이 되지 않으니까요.

자, 이제 뜻대로 처분하십시오. 이 몸을 그들에게 맡겨 때리건, 굶겨서 말라깽이를 만들건, 얼려서 가죽을 벗기시건 좋으실 대로. 빚을 슬그머니 피해서 엉뚱한 친구, 입심 좋은 엉터리, 수치를 모르는 거짓말쟁이, 언변의 줄타기, 거짓 변호사, 걷는 법전, 여우에다 날카로운 송곳, 미꾸라지처럼 쭈루룩 빠져 달아나서 잡을 데 없는 허풍쟁이고, 바늘 같고, 비굴하고, 풍향계 같고, 오뚝이처럼 언변의 무늬를 다루는 마술사라고 만나는 사람들에게 불린다면, 뭣이든 마음대로 하시구려.

또한 원하신다면 데메테르에 맹세코 나를 요리해서 선생들에게 바쳐도 됩니다.

코로스장 이건 대단한데, 수줍어하기는커녕 날뛰는 기세. 자, 우리에게 이러한 것들을 배워서 하늘에도 미치는 명성을 사람들 사이에 떨치게 될 거요.

스트레프시아데스 그러면 나는 어떻게 되나요?

코로스장 일생 우리와 같이 사람들 가운데에서 가장 존경받는 생애를 보낼 것이오.

스트레프시아데스 정말 이 눈으로 그걸 볼 수 있을까요?

코로스장 그렇지. 많은 사람이 끊임없이 그대의 문전에 와서 재판을 변호하는데 그대의 지혜를 빌리려고 그대와 상담, 말을 붙이려 하고, 그리하여 그대의 호주머니에는 몇 탈란톤의 돈이 굴러 들어올 터.

(소크라테스에게) 자, 그러면 이 노인에게 교육을 시작하고, 그 마음을 뒤흔들어서 판단력을 시험해 보구려.

소크라테스 그럼, 한 가지. 그대가 어떠한 성분인지 말해 보시오. 어떠한 신식 도구를 그대에게 사용해야 하는지 알 수 있도록.

스트레프시아데스 오, 신이여. 나의 성벽을 헐어 버리려는 속셈.

소크라테스 아니야, 약간 질문해 보고 싶었을 뿐, 기억력은 좋은가?

스트레프시아데스 그건 두 다리를 걸치고 있다고 할까. 돈을 빌려 주었을 때는 기억력이 사람들 곱절로 좋고, 빌려 썼을 때는 건망증이 사람들 곱절.

소크라테스 그래……. 그대는 태어나기를 능변으로 태어났나?

스트레프시아데스 말은 잘 못하지만 남의 것을 먹어 치우는 데는 대단하죠.

소크라테스 그럼 어떻게 배우지?

스트레프시아데스 뭐 염려하실 것까지야…….

소크라테스 그럼 내가 천문에 관한 지혜로운 걸 던져 줄 테니 곧장 삼켜 보지.

스트레프시아데스 뭐라고? 개처럼 지혜를 물어뜯으라고요?

소크라테스 이런 무식한 야만인 같으니. 늙은이는 불쌍하지만 아무래도 매질을 해야겠어. 자, 누군가가 그대를 때리면 어떻게 하지?

스트레프시아데스 얻어맞지요. 그리고 얼마 후 증인을 세우고 그러고는 곧바로 재판소로 가는 거죠.

소크라테스 자, 외투를 벗어.[29]

스트레프시아데스 뭐, 내가 나쁜 일이라도 했나요?

소크라테스 아냐, 하지만 벌거벗고 들어가는 게 여기 규칙이니까.

스트레프시아데스 하지만 나는 가택 수색[30]하러 온 게 아닌데요.

소크라테스 벗어! 군소리 말고.

스트레프시아데스 그럼 이것만 가르쳐 주십시오. 정신을 집중해서 열심히 배우면 당신 제자 중 누구를 닮게 되나요?

소크라테스 그대는 카이레폰을 꼭 닮게 될 거요.

스트레프시아데스 뭐라고요? 관 속에 발을 절반 들여놓은 셈이라니 어이없다.[31]

소크라테스 잔소리 말고, 자 이리로 냉큼 따라와요.

스트레프시아데스 하지만 그 전에 나에게 꿀빵을 주십시오. 트로포니오스의 동굴처럼 안으로 들어가는데 몸이 떨리는군요.[32]

소크라테스 자, 가요, 문 앞에서 우물거리지 말고.

(두 사람이 소크라테스의 집으로 들어간다.)

코로스 자 가라, 사내다운 마음의 힘을 얻어 기꺼이.

　또한 저 사람에게 복이 있기를. 늙어 가는 길목에 접어들면서 스스로의 성품을 새로운 빛깔로 다시 칠하고 지혜의 길로 정진한다.

코로스장 구경하시는 여러분. 여러분에게 감추지 않고 진실을 말씀드리겠습니다. 나를 길러 주신 디오니소스의 이름에 걸고.

나에게 승리를 주시고 뛰어난 시인으로 인정받게 하시옵기를.

여러분들을 눈이 높으신 분들로 생각하고 나의 희곡, 그 중에서도 가장 뛰어난 것으로 생각하고 가장 힘들인 이 작품을 먼저 여러분께 바치고 싶었습니다. 그런데 굿쟁이들에게 맥없이 당하고 혼이 나서 물러선 처지,[33] 이것이, 보는 눈이 높은 여러분을 위한다고 이 작품을 쓴 나에 대한 나무람이었습니다.

그렇다고는 하지만 이렇게 되어도 아직 여러분 중 재치 있는 분들을 멀리한 것은 아닙니다.

이 자리에서 말을 건네는 것도 즐거운 분들에게 나의 '성실'과 '불량' 저 두 사람[34]이 일등상을 받을 당시 나는 아직 처녀의 몸, 애를 낳는 것이 아직 용서되지 않았으므로 버렸더니, 다른 처녀가 주워서 여러분의 따뜻한 정으로 훌륭히 자라났습니다.[35]

그때부터 나는 여러분의 의견을 기대하고 존중하겠다는 맹세를 한 셈.

그래 이번에 저 엘렉트라처럼 나의 작품이 역시 보는 눈이 높은 구경꾼들을 만날 수 있기를 기대하며 왔습니다. 동생의 머리칼을 보기만 하면 그걸로 분명히 알 것이라고.[36]

얼마나 성품이 온순한가 보십시오. 첫째로 이 작품은 가죽으로 만든 묘한 물건을 달고 있지 않습니다. 그 끝이 붉은 굵직한 물건, 어린애들의 웃음거리를.

또한 대머리를 때리거나 코르닥스[37)]를 추며 날뛰거나, 남자 주인공인 늙은이가 지팡이로 그 근처에 있는 사내를 때리고 보잘것없는 재담을 얼버무리거나 하지는 않습니다.

또한 햇불을 손에 들고 뛰어 들어와서 '와, 와' 하고 고함을 지르지도 않으며 내 자신과 그 내용에 자신을 가지고 이 작품은 나타났습니다.

그리고 나는 이처럼 대단한 작가이면서도 난처하지도 않고 같은 것을 두 번 세 번 고쳐 써 가지고 여러분을 속이려고도 하지 않으며, 언제나 새로운 연구를 짜 넣어 기술을 보입니다. 그것도 서로 닮지도 않고 모두가 재치 있는 것들, 클레온이 대단히 날뛰던 그 무렵, 곧바로 한 대 갈긴 것은 바로 나지만 나가떨어진 그를 차마 짓밟지는 못했지요.

그런데 그자들은 히페르볼로스[38)]가 한번 기가 죽으면 가엾게도 그 사내와 모친을 호되게 공격하는 손을 쉬지 않거든. 먼저 에우폴리스[39)]는 「마리카스」[40)]를 끌어내서 악당 같으니, 나의 「기사」를 악당답게 매만지고 때를 묻혀 흔들춤을 추게 하기 위해서 주정뱅이 노파를 붙였지. 하지만 이건 바다 괴물의 밥이 된 프리니코스[41)]가 벌써 옛날에 만들어 낸 인물이거든.

다음엔 헤르미포스[42)]가 히페르볼로스를 공격하고 그리고 나머지 친구들이 나의 '뱀장어' 비유[43)]를 흉내 내어 히페로볼로스에게 총공격.

이런 것들을 보고 싱겁게 웃는 사내는 나의 작품에는 벌써 왔다 간 사람들. 하지만 나와 나의 발견을 기뻐하는 분들은 이후 영원히 지혜로운 자의 명예를 얻게 될 것입니다.

    제신의 가운데 높이 자리 잡으신 위대한 제우스님,
    먼저 우리들의 노래와 춤을 위해 오시옵기를.
    그리고 세 갈래 창을 든 그대[44],
    거센 힘으로 대지를 매만지고 바다를 거칠게 가꾸는 손,
    또한 우리들의 생명을 길러 주는
    거룩한 이름 아이테르,
    또 말을 몰고
    찬란한 빛으로 대지의 벌판을
    구석구석까지 비춰 주는
    신과 사람 가운데 가장 위대한
    신, 오시옵기를.

    현명하신 구경꾼 여러분, 여기에 유의하시기를. 우리는 여러분에게 호된 대접을 받고 정면으로 나무라지 않을 수 없습니다. 팔백만 신 가운데 이 도시에 가장 많은 이익을 주었는데, 신들 가운데 우리들에게만은 제물과 헌주를 하지 않는다, 수호신인 우리에게.
    어떤 멍청한 짓을 하려고 하면 그때는 번개를 치고 비를 내린다.
    제신의 적인 저 가죽 장사 팔라고니아 인[45]을 장군으로 뽑았을

때, 우리는 미간을 찌푸리고 험상궂게 '천둥은 번갯불과 같이 요란하도다.' [46)

달은 그 궤도를 벗어나려 하고, 태양은 몸속으로 심지를 감추고.

만약 클레온이 군대를 지휘하면 이젠 여러분을 보지 않겠다고 했다. 그런데 여러분은 클레온을 선출했다. 이 도시에는 우매한 일이 그치지 않지만 신들이 여러분의 잘못을 언제나 고쳐 주고 성공으로 인도한다는 이유.

그리하여 이 사건도 어떻게 좋은 결과가 될 수 있는가는 쉽사리 보여 줄 수 있다.

처먹기 좋아하는 클레온은 뇌물을 받고 도둑질한 죄명으로 처단하고, 이자의 목에 칼을 씌우면 이번에도 그전처럼 여러분의 잘못은 도시의 행운이 될 것입니다.

오시옵소서, 포이보스 [47)
델로스에 머무시는 님, 킨토스의
치솟은 바위 위에 군림하는 그대.
오시옵소서, 리디아의 처녀들이
숭앙하고 모시는 에파포스의
황금 궁전에 계시는 여신이여.
그리고 이 땅의 여신
아이게우스 [48)를 걸친 성곽의 수호신
아테나 여신.

또한 파르나소스의 우뚝 솟은 바위에
아직도 햇불의 불꽃이 너울거리고
델포이의 빛나는 언덕 위
바카이와 더불어 광란의 그대 디오니소스.

우리가 여기에 올 채비를 하고 있을 때, 달의 여신을 만나 말을
전해 달라는 부탁을 받았습니다.

첫째로 아테네 사람들과 그 동맹국 사람들에게 인사, 그러고
는 몹시 화가 나셨다고 말씀하셨습니다. 여러분 전체에게 말뿐
이 아니라 분명히 이익을 주고 있는데 심한 푸대접을 받았다고.

우선 한 달에 일 드라크마 이상의 햇불대를 돕고 있다. 그 덕택
으로 여러분은 저녁 무렵 밖에 나갈 때 '달빛이 아름다우니 햇불
을 사지 말라.' 이렇게 말한다고.

그 밖에도 많은 혜택을 주었는데, 여러분은 날씨를 제대로 계
산하지 않고 걷잡을 수 없는 혼란[49], 달님의 말로는 그 때문에 신
들은 정해진 날에 제전을 만나지 못하고 잔치를 놓치게 되어 돌
아오면 여신에게 분풀이를 한다는 이유. 제물을 바쳐야 할 때 여
러분은 법정을 열고 고문을 한다, 우리 신이 단식하고 멤논과 사
르페돈[50]을 슬퍼하고 있는데, 여러분은 흔히 술을 마시고 시시덕
거린다. 그 보복으로 작년 히페르볼로스가 신관이 되었을 때 우
리들 신은 그 머리 장식을 빼앗았지. 그렇게 하면 앞으로는 일생
의 나날을 달로 계산하는 방법을 배우게 될 테니까.

소크라테스 (등장하며) 숨결과 허공과 대기에 맹세코 나는 아직도 저렇게 우둔하고 무능한 멍텅구리는 본 적이 없어. 잠깐 배우는 사이에 외기도 전에 잊어버리다니……. 하지만 저자를 여기 해가 쬐는 곳으로 불러내자.

스트레프시아데스, 이불을 가지고 나와요!

스트레프시아데스 벼룩들이 가져가지 못하게 하는데.

(스트레프시아데스, 집에서 이불을 들고 등장)

소크라테스 거기 놓고 정신 차려!

스트레프시아데스 됐습니다.

소크라테스 자, 아직 그대가 배우지 않은 것 중에서 뭘 제일 배우고 싶나? 재는 법인가, 올바른 암시법인가, 아니면 운율인가?

스트레프시아데스 물론 재는 법이죠. 요전에 나는 쌀가게에서 여섯 홉가량을 속았으니까요.

소크라테스 그런 게 아니야. 대체 운율을 잰다면 어느 게 제일 좋으냐 이거야. 셋이야, 넷이야?

스트레프시아데스 나에겐 무엇보다도 반 헤쿠테우스이지요?

소크라테스 빌어먹을 천치.

스트레프시아데스 반 헤쿠테우스가 넷인가 아닌가 내기할까요?

소크라테스 뒈져라! 시골뜨기 바보. 하지만 리듬은 배울 수 있을지도 모르지.

스트레프시아데스 하지만 리듬을 배워서 대체 먹고 사는 데 어떤 이익이 되나요?

소크라테스 첫째로 사람들이 모인 자리에서 영리한 사람으로 통하고, 어느 것이 군가에 어느 것이 닥틸로스[51] 리듬에 맞는가 구별 할 수 있게 되지.

스트레프시아데스 닥틸로스 리듬이라면 나도 알아요.

소크라테스 그럼 말해 봐.

스트레프시아데스 여기에 있는 이 손가락밖에는 없지요. 예전에 어렸을 적에, 자 이거죠. (가운데 손가락을 세워 보인다.)

소크라테스 이런 천치 같으니.

스트레프시아데스 빌어먹을, 그런 건 배우고 싶지도 않아!

소크라테스 그럼 어떻게 하라는 거지?

스트레프시아데스 그 가장 나쁜 이론인가 하는 것 말입니다.

소크라테스 그러나 그걸 배우기 전에 다른 걸 배울 필요가 있어. 네발 동물 중에 도대체 어느 게 남성이지?[52]

스트레프시아데스 그런 걸 모르면 돌았지. 숫양, 수산양, 수소, 수캐, 닭…….

소크라테스 그 봐, 계집 닭이나 사내 닭을 다 똑같이 닭이라고 하지 않았어.

스트레프시아데스 왜요?

소크라테스 왜라니, 닭과 닭이 다르단 말이야.

스트레프시아데스 그래 맞았어요. 그럼 뭐라고 해야 하나요.

소크라테스 한쪽은 계집 닭, 한쪽은 사내 닭이지.

스트레프시아데스 계집 닭이라……. 아레스 신에 맹세코 멋있군요. 이걸 가르쳐 준 대가로 반죽하는 푼주에 보리를 가득 담아 드리죠.

소크라테스 봐요, 또 틀렸어. 그대는 푼주가 계집인데 사내로 했단 말이야.

스트레프시아데스 뭐라고? 푼주를 사내로 했다?

소크라테스 그렇지, 클레오니모스식이야.

스트레프시아데스 왜요? 설명해 주시오.

소크라테스 그대에겐 푼주와 클레오니모스는 같다 이거야.

스트레프시아데스 하지만 선생, 클레오니모스는 반죽하는 푼주도 없었는데요. 둥근 젖먹이 푼주로 빵을 반죽했었지요. 그래 이제부터는 뭐라고 해야 하나요?

소크라테스 뭐라고 하느냐……. 소스트라테를 '아가씨'라고 하듯 '푼주 아가씨'라고 해야 하는 거야.

스트레프시아데스 '푼주 아가씨' 하면 여성이군요.

소크라테스 그렇지.

스트레프시아데스 그럼 '푼주 아가씨'에 '클레오니모스 아가씨' 해야겠군.

소크라테스 그리고 그대는 이름에 관해서 어느 것이 남성이고 어느 것이 여성이라는 걸 배울 필요가 있어.

스트레프시아데스 어느 게 여성인지 나는 다 알고 있는데요.

소크라테스 말해 봐.

스트레프시아데스 리실라, 필리나, 클레이타고라, 데메트리아⋯⋯.

소크라테스 사내 이름은?

스트레프시아데스 몇천 개든 있지요, 필로코세이노스, 메레시아스, 아미니아스⋯⋯.

소크라테스 멍텅구리, 그건 사내가 아니잖아!

스트레프시아데스 사내가 아니라니요?

소크라테스 절대로 아니야. 아미니아스를 만나면 뭐라고 부르지?

스트레프시아데스 뭐라고요? 이렇게 부르죠, '오이, 아미니아스.'

소크라테스 봐요, 그대는 아미니아스를 여성으로 하지 않았어.

스트레프시아데스 물론이죠, 그자는 병역을 기피했으니까. 이건 다 알고 있는 거니까 새삼 배울 필요도 없어요.

소크라테스 정말 그렇군. 그럼 거기 누워.

스트레프시아데스 어떻게 하라는 말씀인지?

소크라테스 자기 자신의 일을 생각하도록 해봐.

스트레프시아데스 제발 부탁이니, 여기선 안 되겠어요. 꼭 그래야 한다면 땅바닥 위에서 생각하도록 해주시오.

소크라테스 여기 이 속에 누워야 해.

스트레프시아데스 이거 난처하게 되었군. 이 벼룩 아가씨들에게 이번엔 어떤 꼴을 당할는지.

소크라테스 생각해요, 생각에 잠기고 생각에 파고들어 샅샅이 뒤지고, 막히면 급히 딴 문제로 옮기고 달콤한 잠이 그대의 눈에 내리지 않도록 하는 거야.

스트레프시아데스 아이고, 아, 아이고…….

소크라테스 왜? 웬일이야?

스트레프시아데스 나는 영락없이 죽었어요. 잠자리에서 벼룩 아가씨들이 기어 와서 나를 물고, 내 옆구리를 둘로 자르고, 내 생명의 물을 빨아내고, 그리하여 두 개의 구슬을 끌어내고, 내 엉덩이를 파헤쳐서 나를 죽이려 하고 있소.

코로스 그렇게 염려할 것까지는 없어요.

스트레프시아데스 왜요? 나의 재물은 없어지고 핏기는 가시고 생명의 물도, 피도 사라지고, 구두까지 없어졌는데. 그러한 재난에 겹쳐서 불침번의 잠을 노래로 쫓으려는데 내 자신이 이번에는 사라져 없어지려는 판.

소크라테스 이봐, 뭘 하는 거야. 생각에 잠겨 있지 않은 거야?

스트레프시아데스 나 말인가요? 틀림없습니다.

소크라테스 그래 사색의 결과는 어때?

스트레프시아데스 버러지들이 조금이라도 내 몸을 무사히 그대로 두지 않을까 하고.

소크라테스 죽일 놈, 악당 같으니.

스트레프시아데스 사실상 나는 뻗었어요.

소크라테스 지치지 말고 이불을 쓰고 있어. 미꾸라지적 수법과 사기적 방법을 발견하라 이거야.

스트레프시아데스 아, 누군가 이 양의 모피로 빚을 안 갚는 방법을 입혀 주면 좋으련만.

(스트레프시아데스는 소크라테스가 머리로부터 이불을 뒤집어씌우는 바람에 가만히 있다. 잠시 후 스트레프시아데스가 너무 조용하므로)

소크라테스 이자가 뭘 하나? 이봐, 자나?

스트레프시아데스 천만에요.

소크라테스 뭘 잡았나?

스트레프시아데스 전혀.

소크라테스 전혀 못 잡았다······.

스트레프시아데스 바른손으로 뭘 하나 잡을 수 있는 것밖에.

소크라테스 머리부터 덮고 부지런히 사색해요.

스트레프시아데스 문제는? 소크라테스, 그걸 가르쳐 주어요.

소크라테스 우선 자기가 바라는 걸 발견하는 거야. 말해 봐.

스트레프시아데스 나의 희망은 천 번도 만 번도 듣지 않았어요? 바로 이자죠. 아무에게도 지불하지 않고 배기는 방법.

소크라테스 자, 이불을 덮고 날카로운 머리를 짜서 하나씩 세밀하게 사실을 관찰하는 거야. 정확히 분석하고 고찰하는 거지.

스트레프시아데스 (뛰쳐 일어나며) 아, 견딜 수 없어!

소크라테스 조용히 해. 그리하여 뭣인가에 막히면 그걸 버리고 다시 또 한 번 생각을 좇아서 그걸 저울에 다는 거야.

스트레프시아데스 소크라 양반!

소크라테스 뭐야?

스트레프시아데스 나는 이자 지불에 대한 생각이 떠올랐어요.

소크라테스 말해 봐요.

스트레프시아데스 이건 어떻습니까?

소크라테스 뭐가?

스트레프시아데스 테살리아의 무당을 고용해서 밤중에 달을 끌어내요. 그러고는 달님을 마치 거울처럼 둥근 투구함에 넣어 둔다 이거거든.

소크라테스 그게 무슨 소용이야?

스트레프시아데스 무슨 소용이냐고? 달님이 아무 데도 뜨지 않으면 이자는 지급하지 않아도 되거든요.

소크라테스 왜지?

스트레프시아데스 왜라니. 이자는 달로 계산하니까.

소크라테스 근사하군. 또 하나 멋있는 문제를 내지. 누군가가 그대에게 오 탈란톤의 손해로 고소하면 그걸 어떻게 깔아뭉개 버리지?

스트레프시아데스 어떻게? 글쎄 모르겠는데…… 글쎄요…….

소크라테스 그대의 생각을 몸 가까운 곳에서만 뱅뱅 돌게 하지 말고 사색을 멀리 하늘 높이 날게 하는 거야. 마치 풍뎅이의 발에 실을 맨 것처럼.

스트레프시아데스 굉장한 재판 말살 방법을 발견했어요. 당신도 인정해 줄 겁니다.

소크라테스 어떤 방법이지?

스트레프시아데스 약방에서 그 돌을 삽니다. 보신 일이 있지요? 아름답고 맑은 것으로 불을 붙이는 데 쓰는…….

소크라테스 불붙이는 수정 말이군.

스트레프시아데스 그거요. 그걸 손에 들고, 서기가 나의 사건을 기입하고 있을 때마다 이렇게 말입니다. 태양을 등에 지고, 내 사건에 관한 서류를 태워 버리는 거죠.

소크라테스 카이리스 여신의 이름에 걸고 말하자면, 그대는 머리가 나쁘지 않아.

스트레프시아데스 오 탈란톤의 재판이 무로 돌아간다면 얼마나 고마운 일이냐.

소크라테스 자, 그건 빨리 치워.

스트레프시아데스 뭘 말입니까?

소크라테스 증인이 없어 불리할 때는 어떻게 상대의 고소를 걸어 치우지?

스트레프시아데스 간단하죠.

소크라테스 말해 봐.

스트레프시아데스 이렇게 하죠, 내가 불려 가기 전, 다른 재판을 하고 있는 사이에 달려가서 목을 매지요.

소크라테스 바보 같은 소리.

스트레프시아데스 아니오, 천만에. 내가 죽으면 아무도 고소하지 못한다 이겁니다.

소크라테스 잠꼬대 같은 소리. 꺼져! 이제 가르치는 것도 진저리 난다!

스트레프시아데스 왜? 신의 이름에 걸고 부탁이야, 소크라테스.

소크라테스 그대는 배우면 그게 즉시 엉덩이로 빠져 버리거든. 자, 지금 금방 배운 게 뭔가 말해 봐.

스트레프시아데스 응! 처음엔 뭐더라? 처음엔? 그 속에서 밀가루를 반죽하는 게 뭐더라? 이거 야단인데…… 뭐더라?

소크라테스 뻗어라 제발! 까먹기 대장인 바보 늙은이.

스트레프시아데스 아, 이건 슬프다. 나는 대체 어떻게 될 것인가? 혀를 놀리는 재주를 배우지 않으면 나는 파멸이야. 오 구름의 여신이여, 좋은 지혜를 내려 주십시오.

코로스 노인이여, 좋은 지혜를 빌려 주지. 그대에게 장성한 아들이 있다면 그를 그대 대신에 배우도록 보내면 되지.

스트레프시아데스 나에겐 대단히 훌륭한 신사 아들이 있는데 전혀 배우려고 하지 않습니다. 어떻게 하면 좋을는지?

코로스 그래 그대는 그걸 용서하는 건가?

스트레프시아데스 그 애는 거세고 힘이 팔팔하며, 게다가 코이시라의 꿈이 큰 자손입니다. 하여튼 그 애를 잡아서 만약 싫다면 무조건 집에서 쫓아내야지. (소크라테스에게) 잠깐 집에 들어가서 기다려 주십시오.

(스트레프시아데스, 자기 집으로 들어간다.)

코로스 보시는 바와 같이 신들 가운데 곧장 혜택을 주는 것은 우리들뿐. 저 사람은 뭐든 그대의 말을 기꺼이 따르지 않는가.

저 사람이 눈이 휘둥그레져서 득의만면인 것을 분명히 확인하면 뭐든 손쉬운 것을 냉큼 먹어 치우는 거야. 이런 일은 흔히 거꾸로 되기 쉬운 거니까.

(스트레프시아데스와 페이디피데스, 말다툼을 하며 집에서 나온다.)

스트레프시아데스 안개의 신께 맹세코 이제 여기에 둘 수 없어. 썩 나가서 메가클레스 집안의 기둥이라도 갉아먹어라!

페이디피데스 어떻게 되신 거예요, 아버지? 올림포스의 제우스에 맹세코 말씀드리지만 좀 도신 것 같아요.

스트레프시아데스 그것 봐, 올림포스의 제우스라니, 멍청하게! 그 나이에 아직도 제우스를 믿고 있다니.

페이디피데스 그건 어떤 농담이죠?

스트레프시아데스 젊은 놈이 아직도 고리타분한 생각을 가지고 있으니까 그렇지. 하지만 좋아, 이리 따라와! 좀 가르쳐 줄 테니까. 네가 그걸 배우면 훌륭한 사내가 될 수 있다는 것을 들려주지. 하지만 아무에게도 말하면 못써.

페이디피데스 네, 뭐죠?

스트레프시아데스 지금 너는 제우스의 이름에 걸고 맹세한 거지?

페이디피데스 그렇습니다.

스트레프시아데스 학문이 얼마나 좋은 건가 알게 될 거다. 페이디피데스, 없다 이 말씀이야, 제우스 같은 건.

페이디피데스 그럼 누가 있나요?

스트레프시아데스 제우스를 쫓아내고 지금은 소용돌이의 시대야.

페이디피데스 허! 무슨 허튼 소리!

스트레프시아데스 분명 지금 말한 그대로야.

페이디피데스 누가 그렇게 말했어요?

스트레프시아데스 멜로스의 소크라테스와 벼룩의 뒤를 쫓는 방법을 알고 있는 카이레폰.

페이디피데스 아버님은 완전히 실성해서 미치광이들을 믿고 있는 거군요.

스트레프시아데스 닥쳐, 현명하신 분들에 대한 욕은 결코 하는 것이 아니다. 저분들은 검소해서 아무도 머리를 깎지도 않고 기름을 바르지도 않으며 몸을 씻으러 목욕탕에 간 적도 없어. 그런데 너는 죽은 몸을 물속에 담그고 씻듯이 말끔히 씻고 다닌단 말이야. 자 나를 위해 빨리 가서 배워 다오.

페이디피데스 하지만 저들로부터 대체 무엇에 도움이 되는 것을 배울 수 있나요?

스트레프시아데스 뭐라고? 인간이 갖고 있는 모든 지혜지. 네가 얼마나 무식하며 멍텅구린가 알게 될 거다. 잠깐 여기서 기다려라.

(스트레프시아데스 집으로 들어간다.)

페이디피데스 난처한데. 아버지가 미쳤으면 어떻게 하지? 정신 착란으로 고발해야 하나[53], 아니면 관 짜는 집에 가서 아버지의 실정을 말해야 하나?

스트레프시아데스 (장닭과 암탉을 양쪽 팔에 안고 등장) 자, (장닭을 내밀며) 이걸 뭐라고 하나 말해 봐?

페이디피데스 닭이죠.

스트레프시아데스 좋아. (장닭을 내밀며) 이건 뭐야?

페이디피데스 닭이죠.

스트레프시아데스 둘이 같다고……? 가소롭다. 차후로 다시는 그렇게 말하지 마라. 이쪽은 계집 닭, 이쪽은 사내 닭, 이렇게 말하는 거야.

페이디피데스 계집 닭이라고요? 그럼 그게 저기 가서 저 땅에 돈은 덤불들에게 배운 건가요?

스트레프시아데스 그 밖에도 잔뜩 배웠지. 그런데 배울 때마다 나이 탓으로 금방 잊어버린단 말이야.

페이디피데스 그럼 망토를 잃어버린 것도 그 때문이군요.

스트레프시아데스 아니, 잃어버린 게 아니라 사색과 더불어 날아간 거지.

페이디피데스 그럼 구두를 어디 두었어요?

스트레프시아데스 페리클레스처럼 '나라를 위해' 잃어버린 거야.[54] 자 가자. 아비의 말을 들은 후에 마음대로 하렴. 생각나지만 여섯 살에 제대로 혀가 돌아가지 않은 네가 조르는 바람에 재판소에서 일하고 처음 받은 돈으로 너에게 디아시아 제전에서 조그마한 수레를 사 준 적이 있지.

페이디피데스 틀림없이 후회하실 때가 올 거예요.

스트레프시아데스 내 말을 들어 주어서 고맙다. 소크라테스, 이리 나와 주시오. 나는 싫어하는 아들을 설득해서 데려왔소.

소크라테스 (집에서 나온다.) 아직 어린 친구군. 여기 매달려 있는 바구니의 이점을 모르나 보지?

페이디피데스 매달린다면 당신의 가죽이 비늘 같은 망토가 되겠는데요.

스트레프시아데스 애야, 선생님을 욕할 작정이니?

소크라테스 저걸 보지, '매달린다면'이라. 입술을 멍하니 열고 멍청히 발음하는 꼴이란. 저런 자가 어떻게 재판의 회피, 소환, 역습적 반박을 배울 수 있겠는가. 하지만 히페르볼로스는 일 탈란톤을 지불하고 이걸 배웠지.

스트레프시아데스 염려 말고 가르쳐 주십시오. 이 애는 끈기 있는 성미니까. 이 애는 아주 어릴 때 집에서 집을 만들고, 나무를 깎아서 배도 만들고, 가죽으로 작은 수레를 만들고, 석류로 개구리를 만들기도 했지요, 퍽 좋은 솜씨로.

그 두 개의 이론을 가르쳐 주십시오. 뭐든 좋으니 우수한 쪽과 그 우수한 것을 옳지 못하면서 뒤엎는 열등한 이론을. 둘 다 못 배운다면 무슨 일이 있어도 나쁜 편만이라도.

소크라테스 이자는 양쪽의 이론 그 자체에서 배우게 하지. 하지만 나는 여기 못 있을 거야.

스트레프시아데스 그러나 잊지 마시고 모든 정당한 변론의 반박술을 가르쳐 주십시오.

(소크라테스 퇴장, 정론과 사론 등장한다.)

정론 자 이리 온. 구경 오신 여러분께 모습을 나타내 봐. 이 개구리 같은 자야!

사론 '소원의 자리에 행차라.' 여러분 있는 데라면 더욱 너를 공격하기 쉽지.

정론 공격한다고? 넌 누구야?

사론 이론이지.

정론 그렇지, 열등한 쪽의.

사론 그러나 나보다 우월하다는 너를 혼쭐을 내 주지.

정론 어떤 수법으로?

사론 신식 수법으로.

정론 (관객에게) 이 머리 나쁜 친구들의 덕택으로 이자는 크게 번창하는군.

사론 천만에, 머리 좋은 분들의 덕택이지.

정론 정말 혼쭐을 내 줄 테다.

사론 어떤 방법인지 가르쳐 줄 수 없을까?

정론 올바른 소리를 해서지.

사론 하지만 그걸 반박해서 이기고 말걸. 정의 같은 건 이 세상에 없다고 단언할 수 있지.

정론 뭐라고?

사론 그럼, 어디 있지?

정론 신들께 있지.

사론 그럼 정의가 있는데 저 제우스가 자기 아버지를 묶어 놓고 망하지 않은 것은 무엇 때문이지.[55]

정론 야, 이건 못 견디겠는걸. 구토가 날 지경, 대야를 빨리 가져와.

사론 노망한 늙은이.

정론 염치를 모르는 늙다리.

사론 이건 장미꽃 같은 천사.

정론 광대 같으니.

사론 고마워. 그 말은 백합꽃 봉오리.

정론 부모를 살해한 자.

사론 멋모르고 황금의 비를 나에게 뿌리는군.

정론 옛날에는 황금이 아니라 납이었지.

사론 그런데 지금은 그게 내 장식물이지.

정론 가죽이 두껍군.

사론 그런데 너는 쓸모없는 구화폐라 이거야.

정론 너 때문에 애들은 아무도 학교에 가려고 하지 않아. 네가 저 대갈통이 빈 자들에게 가르친 것이 무엇인가, 아테네 사람들이 알게 되는 날이 올 거야.

사론 너는 몹시 더럽군.

정론 그런데 너는 경기가 좋군. 전에는 거지 노릇을 하며 미시아의 텔레포스 흉내를 내고, 쌈지에서 판데레오스식의 경구를 꺼내어 갉아먹고 있었는데.

사론 이건 대단한 기지機智.

정론 이건 대단한 우행愚行.

사론 이건 또?

정론 애들을 타락시키는 너를 기른 이 도시와 너는 어리석기 이를 데 없다.

사론 (페이디피데스를 가리키며) 상투 꽂은 할아범, 너에게 이 사내의 교육을 맡길 수는 없어.

정론 아니 가르칠 테다. 이 사내가 부질없는 궤변만 농롱(弄)하지 않고 구원되기 위해서.

사론 (페이디피데스에게) 이리 와요. 저자가 잠꼬대를 하는 건 내버려 두고.

정론 손가락 하나만이라도 대 봐라, 혼을 내 줄 테니.

코로스 싸움의 입씨름은 그만두고 말하도록 하오. 그대는 옛날 사람들에게 가르쳤던 것을. (정론에게) 그대는 신식 교육을. 그리하여 두 사람의 말을 들어 보고 어느 쪽 제자가 될 것인가 정할 테니.

정론 그건 내가 바라던 바.

사론 나도 마찬가지.

코로스 자, 어느 쪽이 먼저 하겠어요?

사론 이자에게 양보하지. 이자가 말하는 데서 신식 어휘와 논법을 빼내어 이자를 바람구멍투성이로 만들어 주어야지. 그리하여 마지막에 조금이라도 대꾸를 하면 얼굴이건 양쪽 눈이건 마치 호박벌에 쏘인 것처럼 나의 경구에 찔러서 뻗어 버릴 것이다.

코로스 이제야말로 두 사람은 멋있는 말과 생각, 또는 새로 만든 경구에 자신만만.

입씨름에서 누가 이길 것인가 볼 만하다. 이제 여기에 지혜 싸움의 대모험이 고삐를 끊고 뛰쳐나가서, 대시합이 우리의 벗을 기다리고 있다.

(정론을 향해) 자, 우리들 조상의 머리를 수많은 귀중한 성품으로 장식한 사람, 뭣이든 그대가 좋아하는 말로 그대의 속성을 말하라.

정론 그럼 그 옛날, 정의가 번영하고 조심성이 세상의 예절이었을 때, 훈육이 어떠한 것이었는가를 말해 주지. 첫째로 소년은 속삭이는 소리라도 사람에게 들려서는 안 된다. 다음에 같은 동리의 소년들과 음악 선생한테 갈 때는 제아무리 눈이 펄펄 내릴지라도 외투를 입지 않고 규율을 지켜 줄지어 길을 걸어가야 했다. 선생은 먼저 무릎을 비비대거나 하지 않고 노래를 부르도록 가르친다. '무서운 도시의 파괴자 팔라스 여신' 또는 '울려 퍼지는 리라 소리' 등 조상 때부터 내려오는 가락을 소리 높여 불렀지.

그러나 만약 누군가가 가락을 혼란케 하고, 요즈음 유행하는 프리니스[56]조의 장난스런 소리를 굴리고 떠든다면 노래의 여신을 해치는 자로 얻어맞았지.

체조 선생 앞에서 소년들은 무릎을 곧바로 앞으로 뻗고 앉으며, 구경꾼에게 흉한 꼴을 보이지 않았다. 또한 일어설 때는 모래를 고르게 해서 연인들에게 젊은 그 몸의 모양을 뒤에 남기지 않는 주의를 했다. 배꼽 밑에는 그 당시 아무도 기름을 바르지 않았으며, 급소에는 모과나무와 같이 솜이 부드럽게 놓여 있었다. 또한 음성을 여자처럼 꾸며서 스스로 좋아서 곁눈질을 하고, 또 식탁에서 홍당무[57]에 손을 대고, 어른들을 젖혀 놓고 회향풀과 감자를 들어 먹어 치우고, 시시닥거리고, 발을 꼬아서는 안 되었다.

사론 이건 낡았어. 옛날의 제전, 상투를 꽂고 유행에 뒤떨어진 풍류 시인, 지금은 바치지 않는 제물.

정론 하지만 이것이 마라톤의 용사를 기른 것이다. 그런데 너는 요즈음 소년들에게 어렸을 때부터 곧 망토를 입는 것을 가르치니까 판 아테나이아 제전에서 춤을 추어야 할 때 트리토게네이아 여신[58]은 아랑곳없이 급소의 바로 앞에 방패를 들고 있는 것을 보고 나는 화가 나서 목이 막힐 지경. (페이디피데스에게) 그러니 젊은이여, 결단을 내려 우월한 이론인 나를 선택하도록.

그렇게 하면 광장을 할 일 없이 어슬렁거리지도 않을 것이며, 목욕탕에는 가까이 가지 않고, 수치를 수치로 알고, 누군가가 그대를 놀리면 불꽃처럼 타오르는 것을 느끼게 될 것이다. 노인이 가까이 오면 자리에서 일어나고, 양친에겐 예절을 지키고, 그 밖에 수치스런 일은 전혀 하지 않으며, 조심성을 저버리는 일이 없다. 또한 무희의 집에 뛰어 들어가거나, 그런 일에 입을 멍하니 벌리거나 여자한테 모과로 얻어맞고 이름을 더럽히는 일이 없으며, 부친에게 말대답을 하지 않으며, 어린 그대를 귀여워해 준 노인을 노망난 이아페토스[59]라고 부르며 미워하지 않는다.

사론 만약 이자의 말에 귀를 기울인다면 젊은이, 디오니소스에 맹세코 말하지만 히포크라테스의 돼지같이 둔한 아들들을 그대로 닮고, 그대는 '젖먹이'라고 불릴 거야.

정론 아니야. 경기장에서 살결도 매끄럽게 활짝 피고, 요즈음 애들같이 광장에서 허튼 소리를 늘어놓지도 않으며, 한번 붙으면 떨어질 줄 모르는 부질없고 비열한 소송 때문에 법정에 불려 가지도 않을 것이며, 아카데메이아에 내려가서 성감람聖橄欖 나무 밑에 흰 갈대를 머리에 꽂고 동료들과 달릴 것이다. 인동초忍冬草처럼 조용한 생활, 꽃이 휘날리는 흰 수양버들의 향기, 플라타너스와 느릅나무가 속삭이는 봄철, 가슴이 울렁거린다.

> 그대가 나의 말을 따라
> 거기 귀를 기울인다면
> 그대의 가슴은 언제나 훌륭하고
> 피부는 빛나고 어깨는 떡 벌어지고
> 혀는 짧고 엉덩이는 크고
> 그 물건은 작다.
> 하지만 유행을 따르면
> 그대의 피부는 창백해지고
> 어깨는 좁고 가슴은 엷으며
> 혀는 길고 엉덩이는 작고
> 그 물건만 크다. 법령은 대단한 것,
> 그리하여 그대를

수치스러운 걸 좋은 거로 생각케 하고

선을 수치로 여기게 할 것이다.

거기다가 안티마코스의 외설猥褻을

그대에게 가득 채울 것이다.

코로스 (노래)

아름다운 탑처럼 솟아 있는

찬란한 지혜의 여신을 숭앙하는 자여

그대의 말에 피어오르는

덕망의 꽃의 달콤함이여.

옛날

그대의 시정에 살았던 사람의 행복함이여.

(사론에게)

이에 대해서

기지에 넘치는 사람이여,

뭔가 색다른 말을 해야 할 터

이 사람은 박수를 받았으니까.

코로스장 이 사람에 대한 그대의 반박은 교묘한 것이어야 할 거요. 이 사람에게 져서 웃음거리가 되지 않으려면.

사론 그렇다. 나는 밸이 틀려서 숨이 막힐 지경. 이자가 말한 모든 것을 반박해서 뒤집어엎어 놓고 싶어서 죽겠다. 나는 이 선생들 사이에서 열등한 이론으로 불리지만, 그것도 내가 제일 먼저 법률과 규칙을 반박하는 것을 생각해 냈기 때문. 열등한 이론을 선택하고, 그러고도 이긴다는 것은 일만의 금화보다도 값이 있는 것.

(페이디피데스에게)

자, 이자가 뽐내고 있는 이론을 내가 어떻게 공격하는가 보지. 첫째로 이자는 목욕하는 것을 좋지 않다고 하는데,

(정론을 향해서)

도대체 왜 목욕을 하는 게 나쁘다는 거지?

정론 그건 가장 나쁜 짓으로 인간을 나약하게 만드니까 그렇지.

사론 잠깐, 네 옆구리를 잡아서 아무짝에도 쓸모없는 것으로 만들어 줄 테니까. 제우스의 아들 가운데 누가 제일 뛰어나고 가장 노고를 겪었다고 생각하나 말해 봐.

정론 헤라클레스보다도 뛰어난 자는 없다고 생각하는데.

사론 헤라클레스의 목욕탕[60]이 어디 있다는 것을 알 텐데…… 그런데도 그보다 뛰어난 자는 없다 이 말이야?

정론 바로 이따위 수작이다. 잔소리하며 지내는 젊은이들로 목욕탕을 종일토록 가득 채우고 씨름판을 텅 비게 하는 것은.

사론 그리고 너는 광장에서 어슬렁거리는 걸 비난하지만 나는 좋다고 생각한다. 만약 그게 나쁘다면 호메로스가 네스토르[61]와 그 밖에 지혜로운 자들을 명연설가라고 할 리가 없지 않은가.

그건 그렇고 이자는 또 혀를 훈련시키면 안 된다고 하지만 나는 반대야. 다음에 이자는 조심성 있어야 한다고 한다. 그러나 그건 두 개의 최대 악덕이다. 조심성 있어 가지고 도대체 어떤 좋

은 수가 생겼단 말인가? 자 반박할 수 있으면 해보지.

정론 얼마든지 있지. 펠레우스[62]는 그 덕택으로 칼을 얻었지.

사론 칼이라고? 불운한 친구, 대단한 걸 얻었군. 램프 가게에 태어난 히페르볼로스는 악덕의 덕택으로 몇천 탈란톤을 벌었는데 칼이라, 정말 질색이야.

정론 그리고 펠레우스는 절조의 덕택으로 테티스 여신과 결혼했다.

사론 그런데 여신은 그 자리를 버리고 달아났다 이거지. 그것도 그가 오입쟁이가 아니어서 이불 속에서 밤이 새도록 기분 좋게 하는 법을 몰랐기 때문이지. 여자란 거칠게 당하는 게 좋은 거야. 노망난 친구.

(페이디피데스에게)

젊은이, 절조란 무엇을 의미하는가 잘 보지. 모든 쾌락을 뺏기고, 소년, 여자, 코타보스[63], 맛있는 요리, 술, 슬금슬금 웃는 웃음, 이런 것들이 없어 가지고 사는 보람이 있단 말인가.

자, 이제부터 자연의 피할 수 없는 하나의 필연을 설명하지. 잘못을 범하고, 사랑을 하고, 간통, 그리고, 붙들린다. 파멸이지. 그러나 그건 언변이 좋지 못해서지. 그러나 나를 따르면 멋대로 뛰어 놀고 웃고 무엇이든 수치로 생각하지 않는다. 간부姦夫로 붙들리면 이렇게 반박하거든. 아무런 나쁜 짓을 하지 않았다. 그러고는 제우스의 예를 들어 신도 사랑과 여자의 노예가 되었거늘 인간이 어떻게 신을 이겨 낼 수 있느냐고.

정론 하지만 네 말을 따르다가 당근이 박히고 재 속에서 머리를 뽑히면[64]…… 호색한好色漢이 아니라는 걸 어떻게 변명하지?

사론 호색한이면 뭐가 나쁘지?

정론 이보다 흉측한 말이 있으랴.

사론 만약 이 토론에서 내가 이기면 너는 뭐라고 하지?

정론 입을 다물어야지.

사론 자, 그럼 대답해 봐. 어떤 종류의 인간 중에서 변호사가 나오지?

정론 호색한에서.

사론 그렇지, 그럼 연설가는?

정론 호색한에서.

사론 그럼 너는 네 잘못을 인정하지? 구경꾼 중에 어느 쪽이 많은가 보란 말이야.

정론 (관객석을 바라보고) 봤어.

사론 그래 어떻지?

정론 안 되겠어. 훨씬 많은걸, 호색한이. (손가락질하며) 이 사내다, 알고 있어, 그리고 저 사내, 그리고 여기 있는 머리 긴 사내.

사론 어때?

정론 졌어. 침대 위의 운동선수들, 제발 내 망토를 받아라. (망토를 벗어 던지고 학원 쪽을 향해서) 내 편으로 달아나야겠다.

(정론과 사론 퇴장. 소크라테스와 스트레프시아데스 등장)

소크라테스 어때? 그대의 아들을 그냥 데려가겠어, 아니면 변론을 가르치고 싶나?

스트레프시아데스 가르쳐 주시오. 때려 주시오, 잊지 말고 이 애의 주둥이를 훈련시켜 한쪽 턱은 작은 소송에, 또 한쪽은 중요한 일에 쓰도록 훈련시켜 주시오.

소크라테스 염려 말아요. 이 친구를 대단한 소피스트로 만들어 돌려줄 테니.

스트레프시아데스 창백한 형편없는 인간으로 만들어 주시오.

(소크라테스, 페이디피데스를 데리고 학원으로 들어간다.)

코로스장 자, 가라. 그러나 곧 뉘우칠 거요.

(관객을 향해)

　　만약 심판이

　　공평하게 이 합창단에게 상을 준다면

　　어떤 이익을 받게 될 것인가 말씀드리죠.

　　먼저 봄에 밭을 갈고 씨를 뿌리려고 한다면

　　다른 곳은 젖혀 놓고 우선 그대들에게

　　비를 내리겠소.

　　다음에 농작물과 포도를 지켜 드리지.

　　가뭄에 고생하지 않고 큰비에 상하지 않도록.

　　인간인 그대들이 신인 우리들을 업신여기면

　　어떤 꼴을 당하는가 보여 드리지.

　　그대들의 토지에선 포도주도 아무것도

　　거두어지지 않고,

올리브와 포도나무에 꽃이 필 때,

당장에 떨어뜨리지.

우리의 돌 던지는 힘은 대단한 것.

또한 벽돌을 만들고 있으면 비를 내리고,

지붕의 기왓장을,

크고 단단한 우박으로 부수어 놓지. 만약 그자나 친척, 친구 누
군가가 결혼하려 한다면 밤새 비를 내리겠어요. 그러므로 아마
그릇된 심판을 내리느니보다는 이집트에라도 가 있는 게 났다고
생각할 거요.

(스트레프시아데스, 다시 자기 집에서 나온다.)

스트레프시아데스 5일, 4일, 3일, 그 다음엔 2일째, 곧 이어서 다
른 어느 날보다도 두려운 진저리 나는 그날, 구신일[65]이다. 내가
돈을 빌린 자들은 저마다 공탁금을 걸고[66], 나를 파멸시키고 멸
망시키겠다고 맹세하기 때문이지. 그리고 내가 이치에 닿는 약
간의 부탁을 해서 '제발 일부는 지금 받지 마시고, 일부는 기한
을 연기하고, 일부는 장부에서 없애 달라.'고 하면 그들은 그래
가지곤 돈이 되돌아오지 않는다고 하면서 나에게 욕지거리를 하
고 고소한다고 한다.

자, 마음대로 고소해라. 두려울 것 없다. 페이디피데스가 웅변
술만 배운다면 곧 알게 되겠지. 학원의 문을 두드리자. 이봐라!

소크라테스 (문에 나오며) 어, 안녕하시오. 스트레프시아데스.

스트레프시아데스 나도 문안드립니다. 그리고 우선 이걸 받으십

시오.

(돈주머니를 준다.)

스승에겐 사례금을 내야 하니까. 그리고 자, 말해 주십시오. 아까 데려간 내 아들은 그 이론을 배웠는지?

소크라테스 체득했어요.

스트레프시아데스 됐어, 하늘의 여왕님.

소크라테스 그러므로 그대는 어떤 소송이라도 이겨 낼 수 있지.

스트레프시아데스 돈을 빌렸을 때 증인이 있었는데도요?

소크라테스 천 명 있다 하더라도 더욱 좋지.

스트레프시아데스 '자아! 소리 높이 외칠지어다.'[67] 빚쟁이들, 고함을 지르라지. 그놈들의 원금도, 이자의 이자도 다시는 나를 괴롭히지 못할 것이다. 이런 아들이 나에게, 이 집에서 자라난 거다. 쌍칼에 빛나는 혀를 가진 나의 전사, 우리 집의 구세주. 적에게는 재앙이 되고, 부친의 커다란 재앙의 해방자.

자 달려가서 나에게 불러 주시오. '오, 아들이여 나의 자식이여, 집에서 나오라. 네 귀에 들리는 것은' 아버지의 음성이다.

소크라테스 (페이디피데스를 데리고 등장) 바로 그 사내요.

스트레프시아데스 오, 귀여운 놈.

소크라테스 아들을 데리고 가시오.

(소크라테스 들어간다.)

스트레프시아데스 오, 아들이여. 오, 우선 네 얼굴빛을 보니 나는 기쁘다. 너는 정말로 부정적, 반박적 용모로 이 나라 특유의 반

문하는 얼굴빛, 나쁜 짓을 해 놓고 거꾸로 호되게 당했다는 표
정. 정말 아티카풍의 표정이다. 자, 전에는 나를 파멸시켰던 너,
이번에는 나를 살려 달라.

페이디피데스 뭐가 두렵나요?

스트레프시아데스 구신일이지.

페이디피데스 구신일이라니, 그런 날이 있나요?

스트레프시아데스 그렇지. 나에 대해서 공탁금을 걸려는 날이지.

페이디피데스 그렇다면 손해를 보는 거예요. 하루가 이틀이 될
리가 없죠.

스트레프시아데스 될 리가 없다니?

페이디피데스 그렇죠. 그렇지 않다면 같은 사람이 노파가 되고
동시에 젊은 여자가 될 수도 있을 거예요.

스트레프시아데스 하지만 그런 법인데.

페이디피데스 그게 내 생각으로는 법을 오해하고 있는 거예요.

스트레프시아데스 그럼 어떻다는 거지?

페이디피데스 옛날의 솔론[68]은 원래가 민중의 벗으로 태어났어요.

스트레프시아데스 하지만 그건 구신일과는 아무런 관계도 없지
않니.

페이디피데스 그래서 그는 법정으로의 소환일을 이 이틀 사이에
즉, 낡은 날과 새로운 날에 하도록 정한 거죠. 보증금의 공탁이
신월일新月日에 행해지도록.

스트레프시아데스 그럼 왜 낡은 날을 덧붙인 거지?

페이디피데스 즉 피고가 하루 먼저 나타나서 타협을 하도록 하고 만약 안 되면 신월일에 아침부터 웅크려 든다는 식이죠.

스트레프시아데스 그럼 정부는 왜 공탁금을 신월일에 받지 않고 구신일에 받는 거지?

페이디피데스 그건 독이 있나 미리 맛보는 것과 같다고 할까요. 보증금을 될 수 있는 대로 빨리 받아서, 그리하여 만 하루 먼저 독이 있나 맛을 보는 거죠.

스트레프시아데스 그럴듯해. 가엾은 자들, 왜 멍청히 앉아들 있나? 우리 날쌘 인간들의 밥이지. 말뚝 같은 친구, 멍청한 친구, 게으름뱅이, 쌓아 놓은 빈 상자 같은 친구들. 우리 집 내 아들의 성공에 나는 노래를 불러야겠다.

　'복된 스트레프시아데스, 그대의 지혜는 뛰어나고 그대가 기른 아들은 더욱 뛰어나도다.'

　이렇게 친구들과 이웃 사람들은 네 혀로 재판에 이기는 것을 보았을 때 부러워하며 말할 거다. 우선 너를 집에 데려가서 한턱 잘 먹여야지.

(두 사람 퇴장. 파시아스, 입회인과 같이 등장)

파시아스 그럼 자기 것을 버리지 않으면 안 된다는 건가? 안 돼. 귀찮게 되느니보다는 개구리 모양을 하며 그때 거절하는 게 훨씬 나았을 것을.

　그것 때문에 제 돈을 찾으려고 자네를 입회인으로 끌어내고 더욱이 이웃 사람의 적이 된다. 하지만 목숨이 있는 한 결코 조국을 욕되게 하지 않으련다. 자, 스트레프시아데스를 부르자.

스트레프시아데스 이건 누구야?

파시아스 오늘이 구신일.

스트레프시아데스 이의 있소. 이 사람의 소환은 이틀에 걸쳐 있소. 그래 요구액은?

파시아스 말에게 먹이는 갈대풀을 사기 위해 네가 빌려 간 십이 무나.

스트레프시아데스 말이라고? 엉, 내가 말을 싫어하는 건 다 알고 있지 않아.

파시아스 그러나 너는 신들께 맹세코 틀림없이 갚는다고 그랬어.

스트레프시아데스 맹세코 안 된다. 그때는 페이디피데스가 무적의 이론을 배우지 않았을 때니까.

파시아스 그럼 이제는 부인하려는 거구나?

스트레프시아데스 그게 바로 저 애가 받은 교육의 덕택이야.

파시아스 그리고 갈 데까지 가서 신들께 맹세코 이걸 부인하려는 거군.

스트레프시아데스 어떤 신 말이지?

파시아스 제우스, 헤르메스, 포세이돈.

스트레프시아데스 제우스에 맹세코, 비록 그 맹세 때문에 삼 오볼로스 더 내야 할지라도.

파시아스 염치없는 개새끼, 꺼져라!

스트레프시아데스 이 술통, 소금으로 문지르면 좀 나아질까.

파시아스 요놈, 사람을 업신여기고.

스트레프시아데스 저자에겐 한 되는 들어갈 거다.

파시아스 제우스 신이여, 신들께 맹세코 그냥 두지 않겠어.

스트레프시아데스 신이라, 나쁘지 않아. 제우스에게 맹세하다니 가소롭기 이를 데 없다.

파시아스 틀림없이 벌을 받을 거야. 자, 돈을 갚을지 안 갚을지 대답하고 나를 가게 해 달라.

스트레프시아데스 닥치고 있어. 곧 분명히 대답을 해줄 테니까.

(스트레프시아데스 퇴장)

파시아스 (입회인에게) 저자는 어떨 것 같애?

입회인 갚을 테지.

스트레프시아데스 (반죽하는 푼주를 들고 등장) 나에게 빚을 받으러 온 놈은 어디 있어? 자 이게 뭔가 말해 봐.

파시아스 이게 뭐냐고? 반죽하는 푼주지.

스트레프시아데스 저런 얼빠진 친구가 나한테서 빚을 받는다고. 아가씨 푼주를 사내로 말하는 작가에겐 한 푼도 갚을 수 없어.

파시아스 그럼 안 갚겠다는 건가?

스트레프시아데스 그렇지. 내 알고 있는 한은. 자, 썩 꺼져.

파시아스 가겠다. 그러나 잘 들어 둬. 나는 죽어도 보증금을 공탁하겠어.

스트레프시아데스 그럼 십이 무나에 덧붙여서 그걸 버리는 것과 같지. 반죽 푼주를 멍청하게 남성으로 취급한 탓으로 이런 대우

79

를 받아야 하니 참 안됐어.

(파시아스와 입회인 퇴장. 아미니아스 등장)

아미니아스 아, 슬프다.

스트레프시아데스 슬퍼하고 있는 자는 누구야. 카르키노스[69]의 한심스런 신 한 분이 외친 걸까?

아미니아스 내가 누군가 알고 싶다는 건가? 한심스런 일을 당한 사내지.

스트레프시아데스 그럼 그걸 가슴에 간직해 두지.

아미니아스 '오 잔혹한 운명, 오 내 수레를 망가뜨리고 마는 인연이여, 오 팔라스 여신, 나를 파멸케 하셨음은.'[70]

스트레프시아데스 대체 틀레폴레모스는 너에게 어떤 해를 끼쳤나?

아미니아스 놀리는 건 그만두고 빌린 돈을 갚도록 아들에게 말해 주구려. 특히 나는 혼나는 일을 당했으니까.

스트레프시아데스 그건 대체 무슨 돈이지?

아미니아스 빌려 간 돈이지.

스트레프시아데스 정말 되게 다쳤는걸.

아미니아스 마차를 달리다 뒤집힌 거지.

스트레프시아데스 그런데 왜 당나귀에서 떨어진 것처럼 잠꼬대를 하지?

아미니아스 빚을 갚으라는 게 잠꼬대야?

스트레프시아데스 정말 약간 돌았는데.

아미니아스 뭐라고?

스트레프시아데스 뇌진탕을 일으켰나?

아미니아스 돈을 갚지 않으면 헤르메스님께 맹세코 말해 두지만, 이미 소환장을 받은 거나 마찬가지야.

스트레프시아데스 그럼 제우스는 비를 내릴 때마다 언제나 새로운 물을 내리시는 건가, 아니면 태양이 같은 물을 밑에서 빨아올린 건가? 어느 쪽이 맞다고 생각하는지 말해 봐.

아미니아스 어느 쪽이 맞는지는 모르겠고, 어느 쪽이든 상관없어.

스트레프시아데스 하늘의 현상을 모르고 돈을 받겠다는 건 건방지다.

아미니아스 돈이 궁하다면 이자만이라도 지불해라.

스트레프시아데스 그 이자란 어떤 짐승이지?

아미니아스 어떤 짐승이라니, 날마다 달마다 점점 돈이 불어 가는 거야. 시간이 흐름에 따라…….

스트레프시아데스 좋아. 바다는 전보다 커졌다고 생각하나?

아미니아스 아니, 똑같지. 커질 턱이 있나.

스트레프시아데스 그럼, 이 천치야, 많은 강이 흘러가도 바다는 전혀 커지지 않는데 너는 네 돈을 키우려는 거군! 자, 썩 꺼져. (노예에게) 야, 채찍을 가져와! (채찍질한다.)

아미니아스 이건 고소할 테다.

스트레프시아데스 꺼져. 뭘 우물쭈물하는 거야. 달려! 말처럼.

아미니아스 이런 폭행이 있나!

스트레프시아데스 달리지 않겠어? 엉덩이를 채찍질해서 달려가게 할 테다.

(아미니아스 달아난다.)

  허, 달아난다 ······. 너를 쌍두마차와 같이 달려가게 해주려고 했는데.

(스트레프시아데스, 아들과 같이 술을 마시러 집으로 들어간다.)

코로스 (노래)

  악덕에의 연정, 이건 어이 된 일.

  여기 저 노인은 그 사랑에 빠져, 빌린 돈을

  속이려고 안간힘.

  하지만 오늘이야말로

  나쁜 마음에의 보복

  이 억지 이론 선생에게

  갑작스런 불행이 닥쳐올 거다.

  그의 소원은 곧장

  이루어진다.

  아들이 올바른 사람에게

  반대 의견을 말하는

  명수가 되어서

  누구든 만나는 사람을

  이기고야 만다.

자기가 나쁘면서.

아마 머지않아 바랄 것이다.

이들이 벙어리면 좋으련만.

(스트레프시아데스 외치면서 무대로 튀어나온다. 페이디피데스 뒤쫓아 등장)

스트레프시아데스 오, 오, 이웃 사람, 친척, 이 고장 사람들아, 살려 다오. 형편없이 얻어맞았다. 아아, 머리에, 턱, 악당 같으니, 아버지를 때리다니.

페이디피데스 그래 어쩔 테냐?

스트레프시아데스 보라, 때렸다고 인정하고 있어.

페이디피데스 바로 맞았어.

스트레프시아데스 악당, 패륜아, 강도.

페이디피데스 이건 고마운데, 다음은 뭐야? 욕지거리를 듣는 것은 기분 좋은 일.

스트레프시아데스 색광.

페이디피데스 장미의 비를 오게 하지.

스트레프시아데스 아버지를 때린다…….

페이디피데스 그래, 그것도 당연하지.

스트레프시아데스 빌어먹을, 대악당. 왜 아비를 때린 게 당연하니?

페이디피데스 그걸 증명하고, 이론으로 이겨 주지.

스트레프시아데스 이론으로 이긴다고?

페이디피데스 쉬운 일이지. 어느 쪽이건 좋은 대로 골라잡아.

스트레프시아데스 어느 쪽이든?

페이디피데스 우월한 쪽이야, 열등한 쪽이야?

스트레프시아데스 아들이 아버지를 때리는 게 정당한 일이라고? 그걸 네가 증명할 수 있다면, 정말로 나는 너에게 정의의 반박법을 배우게 한 셈이구나.

페이디피데스 이론으로 설득해서 찍소리도 못하게 해주지.

스트레프시아데스 네 주장을 한번 들어 보자꾸나.

코로스 (노래)

노인이여, 이 사내를 이기는 법을 어떻게 하더라도 찾아야 한다.

뭔가 믿는 것이 없다면

저 사내가 저렇게까지 난폭을 부릴 까닭이 없지.

대담하고 뉘우침 없는 저 모양, 뭔가 믿는 게 있는 듯

저 사내의 태도가 그걸 나타낸다.

코로스장 자, 이 싸움의 원인을 우리에게 말하시오. 그래야만 하오.

스트레프시아데스 먼저 말다툼의 시작부터 말하리다. 아시다시피 나는 술을 마시다가 이 애에게 리라를 들게 하고 시모니데스의 '사제가 된 염소의 노래'를 청했지. 그랬더니 이자는 술좌석에서 리라를 켜고 노래하는 건 방앗간 처녀와 같이 아주 시대에 뒤떨어졌다는 거야.

페이디피데스 마치 귀뚜라미라도 손님으로 청했듯이 노래를 청한다는 건 얻어맞고 차여도 싸지.

스트레프시아데스 저따위 소리를 그때 집에서도 하고 있었지. 그러고는 시모니데스는 엉터리 시인이라고 하지 않나. 처음엔 나도 겨우 참았지. 그러고는 이 애에게 도금양을 손에 들고 아이스킬로스의 시를 하나 외라고 했더니 곧바로 대답하기를 '아이스킬로스는 시인 중에서도 제일가는 떠벌이, 잡음투성이에 허풍선이, 과장을 좋아하는 엉터리다.' 하지 않겠어요. 이 말을 들었을 때, 내 가슴이 얼마나 울렁거렸는지 모릅니다. 그래도 나는 가슴을 쓰다듬고 '그럼 요즈음 유행하는 신식 이론이라도 하나 말해달라.'고 말했지. 그랬더니 이 자식은 오빠가 여동생을 꾀었다는 당치도 않은 에우리피데스의 이야기를 노래하잖아요.[71] 그래서 나는 화통이 터져서 욕지거리를 마구 해주었지. 그래 말싸움이 되고, 마침내 이 애는 달려들어서 나를 때리고 목을 조르고 갈기고…….

페이디피데스 가장 훌륭한 에우리피데스를 칭찬하지 않는 자에게 당연한 대가지.

스트레프시아데스 그놈이 제일이라고! 제기랄, 빌어먹을. 뭐라고 해준다……. 하지만 또 나를 때리겠지.

페이디피데스 물론이지, 그것도 당연하고.

스트레프시아데스 뭐가 당연하니! 부끄러움을 모르는 자, 너를 기른 나를, 제대로 돌지 않는 혀로 말한 네 소리를 다 알아들어준 나를! 네가 '무' 하면 나는 알아듣고 물을 주었으며 '빠' 하면 빵을 갖다 주었으며 '쉬' 하면 얼른 안아서 밖으로 데리고 나가

쉬야를 시켜 주었는데, 이제는 나의 목덜미를 잡다니…….

응가가 하고 싶다고 울면…….

나를 밖으로 데리고 나가기는커녕

악당 같으니,

나는 숨이 막혀서

그 자리에 싸 버렸다.

코로스 (노래)

젊은이들은 그의 변명을 들으려고 가슴이 설레고 있을 거다.

만약 이 사내가 그런 행동을 하고도 정당화시킬 수 있다면

노인의 가죽은

콩깍지만 한 가치도 없는 것.

코로스장 자. 신식 어휘의 발명자.

그대의 말이 옳다고 생각되기 위해서는 설득의 여신을 찾아야 할걸.

페이디피데스 신식의 트인 생각을 벗으로 한다는 건 유쾌한 일, 그리고 정해진 관습을 경멸할 수 있다는 건 기분 좋은 일.

말에만 정신을 팔리고 있던 시절에는 단 세 마디도 틀리지 않고 말하지 못했는데, 아버지가 그걸 못하게 하고 정묘한 이론과 사색이 나의 벗이 된 지금은 아버지를 때리는 게 정당하다고 주장할 수 있을 것 같다.

스트레프시아데스 그럼 부탁이니 말을 도락道樂으로 삼아라. 얻어맞아 녹초가 되느니보다 네 마리의 말을 기르는 게 낫다.

페이디피데스 내 말을 가로채기 전에 돌아가서 한마디 묻겠는데, 어린애 때 나를 때렸나, 안 때렸나?

스트레프시아데스 그야 때렸지. 그러나 너를 위해, 너를 사랑했기 때문이다.

페이디피데스 그럼 나도 아버지를 위해서 때린 것은 정당한 거다. 위하는 것과 때리는 것은 그 논법으론 같으니까.

왜 아버지 몸은 맞아서 안 되고, 내 몸은 맞아야 하나. 나도 노예로 태어난 건 아니야. '애는 울지만 아버지는 울지 않아도 된다고 생각하는가.'[72] 아마 어린애가 우는 것은 당연하다고 말하겠지만 나는 거기에 이렇게 반대한다. 노인은 어린애로 되돌아가 어린애들보다도 더 울어야 한다. 그 이유는 노인이 잘못을 범하는 경우가 더 적을 테니까.

스트레프시아데스 하지만 어느 나라에서나 아비가 이렇게 당해야 하는 법은 없을 거다.

페이디피데스 그런 법을 최초로 정한 것은 인간끼리 서로 설득한 것이 아닐까……. 그렇다면 내가 차후에 아들들에게 아버지를 때려 주라는 새로운 법을 선동해서 나쁠 것 없지.

하지만 이 법이 세워지기 전에 얻어맞은 몫은 권리를 포기해서 빼 드리지. 닭이나 그 밖에 다른 짐승을 보지. 어미에게 달려들지 않아. 그래 그것들은 법안을 기초하는 것 외에는 우리와 뭐다를 게 있나?

스트레프시아데스 모든 일에서 닭을 모방한다면 왜 똥을 먹고 나무 위에서 자지 않니?

페이디피데스 (곤란해서) 그건 같지 않지. 소크라테스는 그렇게 생각하지 않을 거야.

스트레프시아데스 그렇다면 이제 때리고 달려들지 마라. 아니면 뉘우칠 거다.

페이디피데스 왜?

스트레프시아데스 내가 너를 때리는 게 당연하다면 너도 어린애를 낳아 때릴 수 있지.

페이디피데스 하지만 만약 낳지 못하면 나는 얻어맞기만 해서 손해고, 아버지는 비웃으며 죽겠지.

스트레프시아데스 (관객에게) 나와 같은 연배의 분들, 아무래도 이 자식의 말이 이치에 맞는 것 같군요. 아무래도 좀 양보를 해야 하나. 우리들도 잘못된 짓을 하면 얻어맞아야 한다고 생각할 수밖에.

페이디피데스 그럼 내 또 하나의 의견이 어떤가 들어 봐.

스트레프시아데스 이건 내 파멸이야.

페이디피데스 하지만 금방 당한 것이라면 불평할 것 없어.

스트레프시아데스 왜? 이런 처사에 고맙다고라도 해야 한단 말이냐?

페이디피데스 아버지처럼 어머니도 때려 주겠어.

스트레프시아데스 뭐, 뭐라고? 그건 더욱 나쁘다.

페이디피데스 하지만 만약 열등한 이론 측에 서서 어머니를 때리는 게 당연하다고 증명해서 입씨름에 이긴다면?

스트레프시아데스 뭐라고, 만약 그렇게 된다면 소크라테스와 같이 너도 열등한 이론도, 마음대로 낭떠러지로 떨어져 버려라. 이런 변을 당한 것도, 오 구름이여, 그대 때문, 그대에게 모든 걸 맡겼기 때문.

코로스 아니, 이 책임은 악덕에 몸을 맡긴 그대에게 있다.

스트레프시아데스 그럼 왜 그때 말해 주지 않았어? 시골 노인을 부추기고 꼬드기는 대신에.

코로스 악덕에 몸을 맡기는 자를 보면 언제나 그러는 거지. 마지막에 혼쭐을 내줌으로써 신을 두려워할 줄 알도록.

스트레프시아데스 오, 구름이여, 무정한 말씀이지만 당연하다 하지 않을 수 없군요. 빌린 돈을 갚지 않으려는 건 어디까지나 그릇된 일. (페이디피데스에게) 자, 귀여운 아들이여, 나와 같이 가서 우리를 속인 더러운 카이레폰과 소크라테스를 두들겨 주자.

페이디피데스 아니, 선생에게 손찌검을 할 순 없어요.

스트레프시아데스 그렇지, 옛날이나 지금이나 다름없는 제우스 님을 공대하여야 한다.

페이디피데스 옛날과 다름없는 제우스라고요? 낡은 생각, 제우스 같은 게 있나요?

스트레프시아데스 있지.

페이디피데스 없어요, 없어. 소용돌이가 제우스를 쫓아내고 지금은 임금이시니까.

스트레프시아데스 아냐, 쫓아낸 게 아냐. 여기 있는 (소크라테스 집 앞에 있는 큰 항아리를 가리키며) 저 소용돌이 때문에 나는 속은 거야. 사기 그릇에 지나지 않는 것을 신으로 생각하다니 나는 가련하기 이를 데 없다.

페이디피데스 아주 정신이 돌아서 알 수 없는 소릴 지껄이라지!

스트레프시아데스 아, 바보, 천치. 나는 돌았어. 소크라테스의 꼬드김으로 신을 저버리려 하다니. (집 앞에 있는 헤르메스상을 향해서) 하지만 오, 헤르메스님, 저를 노엽게 생각하지 마시고 벌하지 마시며 지껄이고 수다를 부리는 미친 저를 용서하십시오. 저에게 조언을 해주십시오. 저자들을 법에 고소할까요. 아니면 마음 내키는 대로. (헤르메스 상에 귀를 대고 듣는다.) 좋아, 법률은 그만두고 이 지껄이기 좋아하는 수다쟁이들의 집에 급히 불을 지르라고 말씀하신다. 야? 크산티아스[73], 이리 오너라. 사다리와 갈퀴를 가져오너라. 학원의 지붕에 올라가서 주인을 생각한다면 지붕을 뒤집어엎어라. 저자들의 머리 위에 집이 뒤집혀 떨어질 때까지. 자, 불붙은 횃불을 가져오너라. 그들이 어떤 허풍선이건 오늘은 맛을 톡톡히 보여 주어야지.

제자1 이야, 큰일이다. (집에서 뛰어나온다.)

스트레프시아데스 (지붕 위에서) 오, 횃불이여, 타오르는 불길을 뿜는 것은 네 의무다!

제자1 야, 뭘 하니!

스트레프시아데스 뭘 하느냐고? 다름 아니라 너희 집 서까래와 토론을 하고 있는 거지.

제자2 큰일이다. 집에 불을 지른 게 누구야?

스트레프시아데스 네가 망토를 훔친 그 사내지?

제자3 살인자, 살인자.

스트레프시아데스 그게 내 소원이야. 이 갈퀴가 내 뜻을 어기지 않고 내가 먼저 굴러 떨어져서 머리가 부서지지 않는다면.

소크라테스 (집에서 나온다.) 야, 지붕 위에 있는 자, 뭘 하지?

스트레프시아데스 하늘을 거닐며 태양을 관찰하는 거지.

소크라테스 이크 야단이다. 숨이 막히는데.

카이레폰 (집에서 달려 나오며) 사람 살려, 타 죽는다.

스트레프시아데스 왜 신을 업신여기고 달님의 위치를 후비고 귀찮게 굴었지. 쫓아가서 때리고 후려갈겨라. 이유야 어떻든 신을 모독한 죄가 제일 무겁다.

코로스 자, 나갑시다. 오늘 우리들의 춤 솜씨는 썩 좋은 편이었다고 말할 수 있을 겁니다.

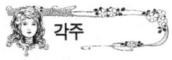
각주

1) 이런~못하거든. | 펠로폰네소스 전쟁(기원전431~404년) 초기에, 아테네는 페리클레스의 정책에 따라 성을 지키는 데 주력하고 해군에만 힘을 기울였기 때문에 스파르타 군이 침입해서 농장을 황폐화시켰다. 적이 가까이 있었기 때문에 노예들은 곧잘 스파르타 편으로 달아났다.

2) 그런데~다니거든. | 말을 기르고 마차를 몰고 다니는 것은 그리스 청년들이 영예롭게 생각하던 것이지만 많은 비용이 들었다.

3) 곳파의 낙인이 찍힌 말 | 곳파의 문자를 엉덩이에 낙인찍은 말을 가리킨다. 이 낙인이 있는 말은 유명했다.

4) 메가클레스 | 아테네의 명문 알크마이오니다이 사내의 대표적인 이름으로 '메가클레스의 아들 메가클레스'는 가통을 강조한 것이다.

5) 코리아스와 게네틸리스 | 코리아스, 게네틸리스는 사랑의 여신들이다.

6) 넌~한다. | 성적인 의미가 깃들어 있다.

7) 바른손으로 악수해 다오. | 바른손으로 악수하는 것은 성의와 약속의 표시였다.

8) 포세이돈 | 바다의 신인 동시에 말(馬)의 신이었다.

9) 옳든~준단다. | 옳든 그르든 이기는 것만을 목적으로 한 것은 소피스트에게 흔히 쏟아진 비난이다. 내용 무시와 설득술 중시는 그리스 변론술의 결함이라고 할까.

10) 창백한~작자들 | 창백한 얼굴은 학자의 특징이었으며, 소크라테스는 겨울에도 흔히 맨발로 다녔다고 한다.

11) 카이레폰 | 스페토스 사람으로 소크라테스를 가장 숭배한 사람.

12) 그~거야. | 이것은 이 작품의 중심이 되는 것으로, 약한 측을 이기게 한다는 변론술은 소피스트들과 관계가 있는 이야기라 하겠으나 소크라테스의 생각과는 반대되는 것이다.

13) 탈레스 | 밀레토스 출신의 철학자로 그리스 칠현(七賢)의 한 사람. '만물의 근원은 물'이라고 주장.

14) 이건 도대체 무슨 짐승들이오? | 여기에서 학원의 정문이 열리고 집 내부가 무대 위에 나타난다. 그러면 소크라테스는 공중에 매달린 상자에 타고 있고 그 밑에 제자들이 땅에 엎드려 무엇인가 하고 있다. 너무나 기묘한 광경에 스트레프시아데스는 이렇게 외치는 것이다.

15) 타르타로스 | 지옥의 일부.

16) 그~유익한데요. | 아테네에서는 적에게 뺏은 땅을 시민들에게 나누어 주었다. 그래서 스트레프시아데스는 전 세계를 분배용 땅으로 삼는다는 것으로 오해한 것이다.

17) 그건~않으니까. | 아테네 인들이 광적으로 재판을 좋아한 데 대한 풍자.

18) 라케다이몬 | 스파르타를 수도로 하는 지방의 이름. 이 작품이 씌어졌을 때 아테네는 스파르타와 전쟁 중이었다.

19) 머리에 뿌려져서 | 그리스에서는 비교(祕敎)의 입회자들에게 몸을 정화하기 위해서 물, 술 또는 곡물의 가루를 몸에 뿌리는 습관이 있었다. 소크라테스는 이걸 모방해서 보릿가루를 스트레프시아데스에게 뿌린다.

20) 아이테르 | '아엘'은 지구를 에워싼 대기이며 '아이테르'는 그 밖에 있는 빛나는 물질이라고 그리스 인들은 생각했다.

21) 하늘의 눈동자 | 태양을 가리킨다.

22) 입구를 봐요. | 이때 코로스가 무대에 등장한다.

23) 켄타우로스족 | 그리스 로마 신화 중 반은 사람이고 반은 말인 괴물 종족.

24) 클레이스테네스 | 여성적인 성격으로 유명했던 사내.

25) 프로디코스 | 케오스 섬 출신의 유명한 소피스트.

26) 그것은 하늘의 소용돌이오. | 소용돌이(dinos)설은 아낙사고라스와 디오게네스 등이 주장

한 것이라고 한다.

27) '아테네~수니옴' | 호메로스의 『오디세우스』에서 인용.

28) 운동장 | 여기서 운동장이라 함은 신체의 훈련을 위한 게 아니라 미소년을 보기 위한 목적으로 운동장에 가지 말라는 뜻이다.

29) 외투를 벗어. | 비교(祕敎)에 입회할 때 윗도리를 벗는데, 그와 같은 행위를 소크라테스가 요구하고 있다. 동시에 그가 이것을 훔친다는 풍자가 깃들어 있다. 스트레프시아데스는 이걸 매질을 하기 위해 옷을 벗으라고 하는 것으로 오해한다.

30) 가택 수색 | 당시 가택 수색을 하기 위해 타인의 집에 들어가는 자는 옷에 물건을 숨겨서 가지고 나오는 의심을 받지 않도록 벗고 들어가야 했다고 한다.

31) 관~어이없다. | 카이레폰의 안색이 죽은 사람처럼 창백했기 때문에 하는 소리이다.

32) 하지만~떨리는군요. | 그리스 중부에 있는 유명한 트로포니오스 동굴에 들어가서 신탁을 받으려는 자는 그 내부에 사는 큰 뱀에게 주기 위해 꿀빵을 가지고 들어갔다고 한다.

33) 여러분들을~처지, | 이 대사는 현존하는 「구름」의 대본이 처음에 상연된 것이 아니라 후에 개정된 것임을 나타낸다. 「구름」은 처음 경연에서 3등, 즉 꼴찌를 했다.

34) '성실'과 '불량' 저 두 사람 | 아리스토파네스의 처녀작 「잔치의 손님들」의 두 주인공 형제, 한 사람은 시골에 남아 소박하고 성실한 인간으로, 한 사람은 아테네에서 교육되어 바람기 많은 도시의 인간이 된다.

35) 다른~자라났습니다. | 아리스토파네스는 초기의 몇 작품을 자기 이름 아닌 카리스트라토스, 피로니데스라는 가명으로 발표, 상연했다. 그 이유는 분명치 않은데 여기선 그걸 가리키고 있다.

36) 동생의~것이라고. | 아이스킬로스의 『오레스테이아』의 제2부 「제주를 바치는 여인들」 가운데 엘렉트라와 오레스테스가 만나는 장면에 비유한 것. 일렉트라는 동생 오레스테스를 그 머리칼로 금방 알아보았다.

37) 코르닥스 | 희극 특유의 외설적인 춤.

38) 히페르볼로스 | 클레온이 죽은 뒤 그를 대신해서 세력을 편 선동 정치가.

39) 에우폴리스 | 에우폴리스는 아리스토파네스와 동시대의 희극 작가.

40) 「마리카스」 | 「마리카스」는 「구름」이 상연된 다음 해에 발표된 에우폴리스의 작품.

41) 프리니코스 | 아테네의 희극 작가.

42) 헤르미푸스 | 아르스토파네스와 동시대의 희극 작가.

43) '뱀장어' 비유 | 아리스토파네스의 「기사」 가운데 뱀장어를 잡으려면 호수가 맑을 때는 잡을 수 없고 흙탕물이 되었을 때 쉽게 잡을 수 있는 것처럼, 아테네 시를 혼란에 빠뜨리면 원하는 것을 쉽게 얻을 수 있다는 유명한 비유를 가리킨다.

44) 세 갈래 창을 든 그대 | 포세이돈을 가리킨다.

45) 팔라고니아 인 | 클레온을 가리킨다.

46) '천둥은 번갯불과 같이 요란하도다.' | 소크라테스의 「테우크로스」에서 인용.

47) 포이보스 | 아폴론을 가리킨다.

48) 아이게우스 | 아테나 여신이 걸친 옷을 말함.

49) 날씨를~혼란 | 이는 이제까지의 구력(舊曆)을 버리고 메톤의 계산에 의한 신력(新曆)을 채
용한 데서 온 혼란을 가리킨다.

50) 사르페돈 | 멤논은 새벽의 여신의 아들이고, 사르페돈은 제우스의 아들, 그들은 트로이에
서 전사했다.

51) 닥틸로스 | 그리스 어로 손가락을 의미하며, 동시에 짧은 시를 가리키기도 한다.

52) 네발~남성이지? | 여기서부터 그리스 어 문법상 성의 문제가 희극적으로 이용되고 있다.

53) 정신 착란으로 고발해야 하나 | 당시 아테네에서는 늙어서 망령 난 아버지를 법률상의 무능
력자로서 고소할 수 있었다.

54) 페리클레스처럼~거야. | 아테네가 에우보이아, 메가라, 스파르타 3국을 적으로 곤경에 빠
졌을 때, 당시 아테네의 지도자 페리클레스는 스파르타 왕 풍레이스토낙스에게 뇌물로 돈
을 보내어 그 공세를 둔화시켰다. 그때 의회에서 페리클레스는 그 돈의 행방을 단지 '나라
를 위해'라고 답변했다고 한다.

55) 그럼~때문이지. | 신화에 따르면 제우스는 부신(父神) 크로노스 및 그 일족을 쇠사슬로 묶
어서 지옥에 가두고 자기의 지배를 확립했다.

56) 프리니스 | 레스보스 섬 출신의 리라 연주자이자 작곡자.

57) 홍당무 | 홍당무는 성적 흥분제로 생각되었다.

58) 트리토게네이아 여신 | 여신 아테나의 별명.

59) 이아페토스 | 제우스에게 지배권을 빼앗긴 거인의 한 사람.

60) 헤라클레스의 목욕탕 | 헤라클레스의 공적을 칭찬하기 위해서 아테나 여신은 테르모필라
이에 처음으로 온천을 마련했다고 전한다.

61) 네스토르 | 호메로스의 『일리아드』에 나오는 그리스의 장군으로 연설을 잘했다.

62) 펠레우스 | 그리스 로마 신화에 나오는 영웅.

63) 코타보스 | 그리스 술집에서 행해진 놀이.

64) 하지만~뽑히면 | 간통 현장에서 사내를 잡으면 그 벌로 엉덩이에 당근을 박고 뜨거운 재
를 머리에 뿌리고 머리칼을 뽑았다고 한다.

65) 구신일(舊新日) | 아테네의 역법은 음력으로 지난달과 새로운 달의 중간이 한 달의 끝날로
다음 달의 첫날이 된다. 이날이 구신일로 빌린 돈을 갚는 날이다.

66) 공탁금을 걸고 | 아테네에서는 소송 전에 보증금을 공탁해야 한다.

67) '자아! 소리 높이 외칠지어다.' | 에우리피데스의 비극 「펠레우스」에서 인용.

68) 솔론 | 아테네의 명정치가이자 명입법가였다.

69) 카르키노스 | 아테네의 비극 작가.

70) '오 잔혹한~하셨음은.' | 카르키노스의 아들, 크세노클레스의 「리킴니오」라는 비극에서
인용.

71) 그랬더니~노래하잖아요. | 에우리피데스의 「아이올로스」라는 작품을 가리켜 한 말.

72) '애는~생각하는가.' | 에우리피데스의 「알케스티스」에서 인용.

73) 크산티아스 | 노예의 이름.

새

The Birds

나영균 옮검

등장인물

에우엘피데스

피테타이로스

<u>트로킬로스</u>   오디새의 종

오디새   (에폽스)

새, 사자

사제, 전령, 시인

점쟁이   신탁을 파는

메톤   측량학자

감찰관, 법령 장수

이리스, 불효자

키네시아스   디시람보스 시인

밀고자

프로메테우스

포세이돈

트리발로스

헤라클레스

노예들   피테타이로스의

코로스   여러 종류의 새로 구성된

장소

황량한 벽지. 잡목 숲과 바위 사이로 나무 한 그루가 보인다.

(에우엘피데스와 피테타이로스, 각기 손에 새를 안고 등장)

에우엘피데스 (손에 든 언치새를 보고) 저기 저 나무를 향해 곧바로 가라고?

피테타이로스 (손에 든 까마귀를 보고) 이 빌어먹을 새가 어쩌라는 거야? 되돌아가라는 거야?

에우엘피데스 요것아, 되는대로 이리 갔다 저리 갔다 하라니 지치기만 하고 돌아오는 곳은 같은 데가 아니야, 시간 낭비이다!

피테타이로스 이놈의 까마귀를 믿다니 내 꼴이 뭔가, 일천 펄롱이나 쏘다니게 만들고.

에우엘피데스 나도 그렇지, 이 언치새 말대로 발톱이 닳아빠지도록 걸어 다녔으니.

피테타이로스 그런데 도대체 여기가 어딜까?

에우엘피데스 자넨 여기서부터 다시 고향으로 돌아갈 수 있겠어?

피테타이로스 아아니 절대로. 엑세케스티데스라도 길을 못 찾을걸.

에우엘피데스 아아, 아!

피테타이로스 우리가 쫓고 있는 건 아무래도 고생길뿐인가 봐.

에우엘피데스 새 장수 필로크라테스가 괘씸하게도 우릴 속인 거야. 멀쩡하게 이 새들이, 우리를 새에서 태어나지 않은 새의 왕 테레우스한테 안내해 줄 거라더니, 타렐리데스의 아들이라는 이 언치를 일 오볼로스에 팔아먹고 이 까마귀는 삼 오볼로스에 팔았는데, 이것들이 해준 일이 뭐란 말이야? 그저 쫓고 할퀴는 일밖에 더 했어? (언치를 보고) 어떻게 된 거야. 주둥이를 자꾸 벌리고? 우리더러 저 바위 위에 거꾸로 박히란 거야 뭐야? 그 쪽엔 길이 없잖아.

피테타이로스 길이란 놈은 그림자도 없어, 아무 데도.

에우엘피데스 그 까마귀는 어디로 가려나?

피테타이로스 어럽쇼, 아까하곤 달리 우는데.

에우엘피데스 그럼 어디로 가라는 거야?

피테타이로스 그저 내 손가락을 집어삼킬 듯이 물 뿐이야.

에우엘피데스 아이고, 이 신세야! 새들을 찾아가려고 별 짓을 다해도 길을 못 찾다니! 그렇습니다, 관객 여러분. 우리의 염원은 사카인과는 정반대입니다. 그는 시민이 아니었기 때문에 어쨌든 시민이 되어 보려고 했지만, 우린 반대로 떳떳한 씨족 가문에서 태어나, 다른 시민들과 함께 여태 살다가 고향의 도시에서 도망쳐 나온 거니까요. 그야 뭐 우리가 우리의 도시를 미워하는 건 아닙니다. 위대하고 부유한데다, 세금 무느라고 파산한댔자 그야 각자의 자유지요. 그렇지만 제아무리 시끄러운 매미도 나뭇가지에서 떠들어 대는 건 고작 한두 달인데 아테네 시민들은 법정에서 평생 동안 송사訟事를 노래 부르듯 하니 말입니다. 그래서 우린 바구니와 냄비와 도금양[1]의 가지를 들고 안주할 조용한 나라를 찾아서 온 겁니다. 이제 새의 왕 테레우스를 찾아가서 그가 하늘을 나는 동안 어디 좋은 마을을 본 일이 있느냐고 물어보려는 거죠.

피테타이로스 여보! 여보!

에우엘피데스 왜 그래?

피테타이로스 아까부터 까마귀가 저 위에 있는 걸 가리키고 있는데.

에우엘피데스 그러고 보니 이 언치도 목을 빼고 입을 벌리고 있군. 뭘 보이려는 걸까? 분명 이 근방에 새가 있나 보다. 요란한 소리를 내 보면 알게 되겠지.

피테타이로스 이럭하면 돼. 발로 이 바위를 냅다 차는 거야.

에우엘피데스 음향 효과를 두 배로 하기 위해서 자넨 박치기로 해보지 그래.

피테타이로스 그럼 대신 돌을 쓸까? 돌로 두드려 봐.

에우엘피데스 좋아! (그는 돌로 바위를 두드린다.) 이리 오너라, 이리 오너라!

피테타이로스 그게 무슨 소리야! 새들의 임금을 부르는데 이리 오너라 하면 돼? '대장' 하고 불러 봐!

에우엘피데스 그럼 대장! 또 한 번 두드려야 하나? 대장!

트로킬로스 (잡목 숲에서 달려 나온다.) 누구요? 누가 우리 임금님을 부르쇼?

피테타이로스 (질리며) 에그, 아폴론! 구제신이여! 저 큰 부리 좀 봐! (쩔쩔맨다. 그 통에 언치와 까마귀가 날아가 버린다.)

트로킬로스 (그도 놀라며) 어이쿠, 새 백정들이군.

에우엘피데스 (정신을 차리며) 뭐 그렇게 겁낼 게 있나. 설명을 하는 게 어때?

트로킬로스 (역시 정신을 차리며) 너희들은 이제 죽었다.

에우엘피데스 하지만 우린 인간이 아니야.

트로킬로스 그럼 뭐야?

에우엘피데스 (쩔쩔매며) 이 겁쟁이야, 아프리카의 새지.

트로킬로스 되지도 않는 소리!

에우엘피데스 못 믿겠거든 내 발보고 물어봐!

트로킬로스 그럼 이쪽은 무슨 새야? (피테타이로스에게) 말해!

피테타이로스 (기운 없이) 난 꿩의 나라에서 온 꿩이야.

에우엘피데스 그런데 너는 대관절 무슨 동물이야?

트로킬로스 나야 종 새지.

에우엘피데스 왜 투계에 지기라도 했어?

트로킬로스 아니, 우리 주인이 오디새가 되셨을 때 나도 새가 돼서 시중을 들게 해 달라고 비셨어.

에우엘피데스 새에게도 종이 필요한가?

트로킬로스 물론이지, 그전에 인간이셨으니까. 어쩌다 팔레롬의

101

정어리가 생각나시면 내가 접시를 들고 정어리를 잡으러 간단 말이야. 또 콩국 생각이 나신다면 국자와 냄비를 들고 가지러 가지.

에우엘피데스 하, 진짜 뜀박질하는 새군. 그런데 말이야, 트로킬로스, 주인 양반을 좀 불러 줘.

트로킬로스 방금 도금양 열매와 벌레를 자시고 주무시는 중이야.

에우엘피데스 괜찮으니까 깨워.

트로킬로스 화를 내실 텐데. 하지만 정 그렇다면 깨워 볼까.

(숲으로 돌아간다.)

피테타이로스 (트로킬로스가 사라지자) 빌어먹을 녀석 같으니! 놀라서 죽을 뻔했네!

에우엘피데스 아 참, 나도 겁결에 언치를 날려 보냈는데!

피테타이로스 이런 못난이! 그래 겁이 난다고 언치를 날려 보내?

에우엘피데스 그럼 자넨 땅바닥을 설설 기다가 까마귀를 잃어버리지 않았단 말이야? 말해 봐.

피테타이로스 아니 그런 일 없어.

에우엘피데스 그럼 어디 갔어?

피테타이로스 날아갔지.

에우엘피데스 그래도 놓치지 않았단 말이지? 이그, 용감도 해라!

오디새 (안에서) 숲을 열어라! 내 지금 나가겠다!

(숲에서 등장)

에우엘피데스 에그, 헤라클레스님! 저건 뭐야, 저 깃털이며 삼층의 볏 좀 봐!

오디새 나를 보자는 건 누구요?

에우엘피데스 (놀리듯이) 올림포스의 열두 신께서 너무 하셨군요.[2]

오디새 내 깃털을 보고 놀리는 건가? 나도 옛날에는 인간이었어.

에우엘피데스 당신을 보고 비웃는 게 아니올시다.

오디새 그럼 뭘 보고 웃나?

에우엘피데스 그 부리가 좀 우스워서.

오디새 소포클레스도 연극에서 이 내 꼴을 놀려 대고 있어. 전에 나는 테레우스였어.

에우엘피데스 전에 테레우스였다면 지금은 뭔가요. 샌가요? 아니면 공작[3]인가요?

오디새 새야.

에우엘피데스 그런데 날개는? 보이질 않는데.

오디새 떨어져 버렸어.

에우엘피데스 병 때문에요?

오디새 아니 새들은 겨울이 되면 털이 빠지고 새 털이 나는 거야. 한데, 자넨 누군가?

에우엘피데스 우리요? 인간이올시다.

오디새 어디서 왔나?

에우엘피데스 훌륭한 군함[4]의 나라에서요.

오디새 자네 배심원인가?

에우엘피데스 아니 천만에. 어느 편이냐면 반反배심원이지요.

오디새 자네 나라에서는 그런 따위의 종자를 뿌리는가?

에우엘피데스 들판에 나가면 겨우 좀 찾아볼 수 있을 정도지요.

오디새 여긴 무슨 일로 왔나?

에우엘피데스 좀 찾아뵈려고요.

오디새 왜?

에우엘피데스 당신도 그 전엔 우리 같은 사람이었고 우리처럼 빚이 있었고, 우리처럼 빚을 갚지 않고 싶어하셨지요. 그러다가 새가 되어 날아다니면서 땅과 바다를 다 보셨지요. 그러니 인간의 지혜와 새의 지혜를 같이 가지셨단 말입니다. 그래서 우리는 푹신푹신한 이불처럼 편안히 쉴 수 있는 고장이 있으면 가르쳐 주십사고 온 겁니다.

오디새 그럼 아테네보다 더 큰 도시를 찾고 있는 건가?

에우엘피데스 아니, 더 크지 않더라도 살기가 더 좋은 곳이면 됩니다.

오디새 아마 귀족정치를 하는 나라를 찾는가 보군.

에우엘피데스 내가요? 천만에. 스켈리아스의 아들[5] 같은 놈은 딱 질색이에요.

오디새 그럼 대체 어떤 나라가 마음에 든단 말인가?

에우엘피데스 가령 이런 일이 제일 중요한 일이 되는 곳 말입니다. 아침 일찌감치 친구가 문을 두드리고 말합니다. '올림포스의 제우스를 걸고 얘기하는데 목욕을 하거든 빨리 우리 집으로 오게. 아이들도 데리고 혼인 잔치를 베풀려고 하니까 꼭 와야 해. 그러지 않으면 내가 곤란할 때도 문간에 얼씬도 못하게 할 거야.'

오디새 아아! 그게 바로 고생을 좋아하는 마음이로군! (피테타이로스를 보고) 그럼 당신은 어떤가?

피테타이로스 저도 비슷한 게 좋습니다.

오디새 어떤 거 말이오?

피테타이로스 그 고장에선 잘생긴 청년의 아버지가 길에서 절 만나면 마치 제가 뭐 잘못이라도 한 것처럼 이렇게 비난한단 말입니다. '여보 스틸보니데스, 이럴 수가 있소? 내 아들이 체육 도장에 갔다가 목욕을 하고 돌아오는 길에 자넬 만났다는데, 그래 자넨 말도 건네지 않고, 입도 안 맞추고 껴안지도, 고놈을 만져 주지도 않았단 말이야. 그래 가지고 어떻게 오랜 친구라고 할 수 있소?'

오디새 이런 딱한 사람 보았나? 고생을 좋아하는군. 자네들이 소원하는 즐거운 나라가 홍해에 있어요.

에우엘피데스 아이고 항구는 안 돼요. 꼭두새벽부터 군함 살라미니아 호가 재판소의 소환장을 가지고 나타날지 누가 알아요. 어디 그리스의 도시는 없나요?

오디새 엘리스의 레프레움에서 살면 어떤가?

에우엘피데스 아이고 제우스! 멜란티오스[6] 때문에 레프레움은 질색입니다.

오디새 그럼 로크리스의 오폰티아도 살 만한데.

에우엘피데스 천만금을 준대도 오폰티아의 주민은 싫어요. 그보다도 새들하고 사는 건 어떻습니까? 잘 아시겠지요?

오디새 나쁘진 않지. 첫째, 돈지갑 없이 사니까.

에우엘피데스 그럼 사기 치는 일이 없겠군요?

오디새 먹을 거로는 들에 참깨, 도금양 열매, 양귀비, 박하풀이 있지.

에우엘피데스 새신랑의 생활 그대로군요.

피테타이로스 하! 제 말씀대로 하신다면 새들이 최고의 권력을 잡을 수 있는 좋은 수가 있습니다.

오디새 자네 말대로? 어떻게?

피테타이로스 어떻게냐고요? 첫째, 입을 딱 벌리고 산지사방을 날아다니지 마십시오. 위엄이 없어집니다. 우리 고장에선 멍청한 녀석을 보면 '저건 무슨 새야?' 하고 묻습니다. 그럼 텔레아스가 이렇게 대답하지요. '두뇌가 없는 인간 새요, 머리를 잃어버린 새, 한군데에 붙어 있지 않으니까 잡을 수가 없는 놈' 이라고요.

오디새 제우스를 걸어서 그럴듯한 말이야. 그런 다음엔 어떡하나?

피테타이로스 도시 국가를 세웁니다.

오디새 우리 새들이? 어떤 도시 국가 말인가?

피테타이로스 허 참, 어째 그리 바보같이 구십니까? 아래를 보십시오.

오디새 자, 보고 있어.

피테타이로스 위를 보십시오.

오디새 보고 있어.

피테타이로스 고개를 비잉 돌리십시오.

오디새 목이 비틀어지면 내 꼴이 좋겠다!

피테타이로스 뭐가 보입니까?

오디새 구름과 하늘.

피테타이로스 그래 그것이 새들의 천공天空이 아닙니까?

오디새 천공이라니?

피테타이로스 터라 해도 좋지요. 빙 돌면서 우주를 지나가니까 천공이라고 불립니다. 여기에다 공사를 해서 요새를 지으면 천공이 도시 국가가 될 수 있는 거지요. 그러면 귀뚜라미를 지배하듯 인간을 지배할 수 있고, 제신들도 식량 보급의 길을 막아 해치울 수가 있습니다.

오디새 어떻게?

피테타이로스 공기는 하늘과 땅 사이에 있지 않습니까? 우리가 델포이로 가려면 보이오티아 인에게 통행 허가를 맡아야 하는 것처럼 인간이 신들에게 제물을 바칠 때, 통행세를 내지 않으면 모든 나라가 외국에 행사하는 권리로 이 천공의 도시를 제물의 구수한 연기가 지나가지 못하게 하는 겁니다.

오디새 호호우, 땅이여, 올가미여, 그물이여, 새장이여! 이렇게 그럴듯한 묘책은 들은 적이 없는걸! 다른 새들이 동의하면 자네와 함께 그 도시 국가란 것을 지어 보세!

피테타이로스 그 문제를 누가 새들에게 설명합니까?

오디새 자네가 해야지. 내가 오기 전엔 그 친구들 일자무식이었는데, 내가 같이 산 후로는 말을 할 수 있게 가르쳐 놓았거든.

피테타이로스 어떻게 새들을 한데 모을까요?

오디새 그야 쉽지. 내가 숲 속에 들어가서 우리 마누라 꾀꼬리를 깨워 가지고 부르지. 우리 소리를 들으면 모두 쌩쌩 날아올 거야.

피테타이로스 그럼 잠시도 지체 마시고 숲으로 가서 꾀꼴 아씨를 깨우십시오.

(오디새, 숲으로 달려간다.)

오디새 (숲 속에서 노래)

　귀여운 내 짝이여, 나른한 잠을 쫓아

　그대 아름다운 가닥으로

　성스런 노래를 부르라.

　가엾은 이티스의 운명을

　그대 맑은 노래로

　구슬피 애도하라.

　티 없이 고운 노래

　무성한 주목 잎새를 뚫어

　저 높은 제우스의 옥좌에 다다르리.

　금빛 찬란한 머리의 포이보스

　너의 슬픈 노래에 맞추어

　상아의 리라를 타시리.

　제신도 소리를 모두어

　불멸의 입술이

신성한 송가를 부르는

우람한 노래여.

(뒤에서 꾀꼴새 소리 같은 피리 소리 들려온다.)

피테타이로스 제우스를 걸어서, 저 조그만 새가 어쩌면 저런 목청을 가졌지? 이 숲이 온통 그 달콤한 노래로 진동하네.

에우엘피데스 쉬잇!

피테타이로스 왜 그래?

에우엘피데스 조용히 해!

피테타이로스 왜?

에우엘피데스 오디새가 또 노래하려고 하고 있어.

오디새 (숲 속에서 노래)

에포포포이, 포포이 포포포포이 포이,

하늘을 나는 새들아

빨리 빨리 빨리

이리 모여라!

농부들이 매만지는 비옥한 땅을

뒤지며 밀알을 삼키는

새들이여.

달콤한 노래 부르며 나는

새들이여 모여라.

짹짹짹짹,

귀여운 소리가 들로 퍼지는

정원의 덩굴 가지 사이로 나는 새들이여

감람과 소귀의 열매를 따는 산새들이여

내 부르느니 날아오라.

트리오토 트리오토 토토브릭스,

습한 골짜기에서

바늘 돋친 모기를 잡아먹는 새도

이슬 젖은 마라톤의 들판에 사는 새도

얼룩진 날개의 자고새

파도가 넘실대는 바다를 건너는

쇠새도 와서

이 소식을 들어라.

목이 긴 새들도 모여

영리한 인간이 가져온 신기한 소식과

위대한 계획을 들어 보라.

모두 여기에 모여

의논을 해보세.

토로토로 토로토로탁스,

키까보우 키까보우,

토로토로토 로릴릴릭스…….

피테타이로스 새들이 오나?

에우엘피데스 아아니, 포이보스를 걸고 얘기하는데 안 보여. 눈을 부릅뜨고 하늘을 뒤져 보아도.

피테타이로스 그럼 오디새가 알을 까는 새처럼 숲 속에 들어갈 것까지도 없었게?

새 (들어오며) 토로틱스 토로틱스⋯⋯.

피테타이로스 요거 봐라! 새가 한 마리 왔어.

에우엘피데스 아닌 게 아니라 새는 샌데 무슨 샐까? 공작은 아니겠지?

피테타이로스 (오디새가 숲에서 나오는 걸 보며) 오디새가 알겠지. 이 새는 무언가요?

오디새 이건 자네들이 흔히 보는 새가 아니라 늪지에서 온 새야.

에우엘피데스 네에? 불꽃처럼 새빨간 날개가 아주 고운데!

오디새 그야 그렇지, 그래서 홍학이라고 불러.

에우엘피데스 (흥분한 듯이) 이봐 이거 봐!

피테타이로스 뭘 그렇게 고함치는 거야?

에우엘피데스 저기 또 새 한 마리가 왔어.

피테타이로스 참 그렇군. 이것도 낯선 새인걸.

　(오디새보고) 저 바보같이 엄숙한 얼굴을 한 산 너머서 온 새는 뭔가요?

오디새 메디아 새[7]요.

에우엘피데스 메디아 새라! 하지만 헤라클레스여, 만일에 메디아에서 온 새라면 낙타도 없이 어떻게 예까지 날아왔을까요?

피테타이로스 볏 달린 놈이 또 한 마리 왔네.

(이제부터는 수많은 새의 코로스가 양쪽에서 몰려 들어온다.)

에우엘피데스 이어 이상하다! 오디새님, 그럼 오디새는 당신 혼자가 아니었던가요?

오디새 이 새는 오디새의 아들 필로클레스의 아들이야. 그러니까 나는 이놈의 할아버지, 마치 칼리아스의 아들이 히포니코스라, 히포니코스의 아들이 칼리아스라는 거나 마찬가지지.

에우엘피데스 그럼 이 새는 칼리아스군요! 그런데 털이 온통 빠져 버렸는데요.

오디새 저놈이 정직하기 때문이야. 배신자들이 덤벼들고, 게다가 암컷들까지 덤벼서 털을 뽑는단 말이야.

에우엘피데스 아이고, 포세이돈! 저 여러 가지 색이 나는 새는? 저 새 이름은 뭔가요?

오디새 이 새요? 이건 거량巨糧새야.

오디새 아니 클레오니모스 외에 또 거량이 있었던가요? 그런데 클레오니모스라면 또 볏은 왜 떼어 버리지 않았을까? 이 볏들은 다 뭐하는 겁니까? 이 새들도 왕복 경주[8]를 하러 온 건가요?

오디새 안전을 위해서 산꼭대기에 매달려 사는 카리아의 주민들과 마찬가지지.

피테타이로스 어이구, 포세이돈! 저기 보게. 무시무시한 새 떼가 몰려드는데.

에우엘피데스 어이구 포세이돈! 구름 같군! 까맣게 날아드니까 입구고 뭐고 보이지 않네.

피테타이로스 이건 반시半翅야.

에우엘피데스 이놈은 자고새군.

피테타이로스 흰 죽지도 있네.

에우엘피데스 쇠새도 있고. (오디새에게) 쇠새 뒤에 있는 저 새는 뭡니까?

오디새 이발새야.

에우엘피데스 이발새요?

피테타이로스 스포르길로스도 이발사라며?

오디새 여기 오는 건 올빼미.

에우엘피데스 대체 누가 올빼미[9]를 아테네로 데리고 왔지요?

오디새 (여러 가지 새를 가리키며) 까치, 호도애, 제비, 뿔난 올빼미, 말똥가리, 꿩, 매, 산비둘기, 뻐꾹새, 홍속조, 홍두조, 자관조, 황조롱이, 아비 티티새, 물수리, 딱따구리……

피테타이로스 원 많기도 하다!

에우엘피데스 웬 검정새가 저리 많아!

피테타이로스 잘도 지껄이면서 달려든다! 에그, 귀야, 아이고 귀야!

에우엘피데스 우리에게 유감이라도 있단 말인가?

피테타이로스 저거 봐! 저기! 부리를 앙 벌리고 우릴 노려보고 있지 않아.

에우엘피데스 참 그렇군.

코로스장 포포포포포[10], 날 부른 이는 어디 계시오? 어디 가면 만날 수 있소?

오디새 아까부터 자네들을 기다리고 있었어! 난 친구와의 약속을 어기는 법이 없거든.

코로스장 티티티티티티티, 무슨 좋은 소식이라도 있나요?

오디새 우리의 안전에 관한 이야기인데, 재미도 있거니와 중요한 일이야, 아주 묘한 이론가라는 인간 둘이 날 찾아왔단 말이야.

코로스장 어디요? 어떻게? 뭐래요?

오디새 인간 세계에서 두 인간이 와 가지고 굉장하고도 근사한 계획을 우리에게 제안했단 말이야.

코로스장 어이구, 이런 무시무시한 변이 있나! 그래 뭐라고 하셨나요?

오디새 내 말에 놀랄 건 없어.

코로스장 무슨 일을 저질러 놓고 이러시오?

오디새 두 인간을 받아 준 거야. 우리와 살고 싶다고 해서.

코로스장 그런 일을 어떻게 감히!

오디새 그래 난 잘했다고 좋아하고 있는걸.

코로스장 그치들은 지금 여기 어디 있는 겁니까?

오디새 그럼 있고말고.

코로스 (노래)

배신이다, 모독이다.

같은 들판

같은 곡식을

쪼아먹던 친구가

우리 고래古來의 관례를 어겼다네.

모든 새를 한데 뭉치는

우리의 서약을 깨뜨렸구나.

올가미를 쳐 놓고

옛날 옛적부터

한시도 편치 않을세라

우리를 들볶던

사악한 족속에게

우리를 팔았구나.

코로스장 이 배신자 놈은 나중에 처치하기로 하고 이 두 인간 놈은 당장에 벌을 내려 갈기갈기 찢어 놓자.

피테타이로스 우린 죽었구나.

에우엘피데스 이런 변을 당하는 것도 모두 자네 때문이야. 왜 날 저기서 데리고 왔어?

피테타이로스 같이 있으려고.

에우엘피데스 날 눈물 바다에 빠지게 하려고 했다고 해.

피테타이로스 집어치워, 그따위 씨도 안 먹히는 소린. 그래 눈알을 쪼아 낸다는데 어떻게 울 테야?

코로스 (노래)

이오우 이오우,

돌격하라.

원수에게 달려들어

놈들을 죽여라.

날개 쳐 놈들을 에워싸라.

놈들에게 화가 미칠지어다!

부리를 부지런히 움직여

집어삼키자.

울창한 산도

하늘에 뜬 구름도

파도치는 바다도

우리를 피해 갈

곳이 못 되리.

코로스장 자, 쪼든지 갈기갈기 찢든지 해. 대장은 어디 갔어? 우측 부대를 맡아라.

(새들, 두 아테네 사람에게 덮친다.)

에우엘피데스 이게 마지막 순간이로구나. 아이고 불쌍한 내 신세야, 어디로 달아날까?

피테타이로스 잠깐, 여기 있어.

에우엘피데스 갈기갈기 찢기라고?

피테타이로스 그럼 어떻게 피할 작정이야?

에우엘피데스 모르겠어.

피테타이로스 내 말해 주지. 여기서 싸우는 거야. 이 냄비를 가지고.

에우엘피데스 왜 하필 냄빈가?

피테타이로스 그럼 올빼미는 덤비지 않을 거거든.

에우엘피데스 하지만 저 갈고리 발톱을 한 놈들은?

피테타이로스 그 꼬챙이로 옆에 있는 놈을 찔러.

에우엘피데스 내 눈은 어쩌고?

피테타이로스 이 접시나 촛병으로 가려.

에우엘피데스 허, 꾀가 그럴듯한데. 근사한 발명의 천재야! 병법에 관해서는 니키아스도 자넬 못 따르겠다.

코로스장 부리를 겨누고 돌지! 지체 말고 찢고 뜯고 때리고 가죽을 벗겨라. 뭣보다 냄비를 쪼아라.

오디새 (코로스 앞을 가로막으며) 이 잔인한 동물들아, 이 친구들이 어쨌다고 찢고 죽인다는 거야? 이 친구들은 내 마누라와 동향 동족이란 말이야.

코로스장 늑대를 가만두어요? 저놈들이 가장 무서운 원수가 아니란 말이오? 어서 처벌합시다.

오디새 태생은 원수일지 몰라도 마음속으론 우리 편이야. 자네들한테 유익한 충고를 해주려고 온 거래.

코로스장 저놈들, 내 조상 때부터의 원수가 충고를 하고 유익한 말을 해요?

오디새 '현명한 자는 원수에게서 배운다.'고 하잖아. 신중은 안전의 근본이야. 이런 거는 친구한테 배우는 게 아니라 원수가 싫어도 알게 만들어 주는 거야. 인간 세계의 도시 국가도 친구 아닌 원수한테서 높은 벽을 쌓고 군함을 만드는 법을 배웠어.

그리고 그 교훈이야말로 우리 자식, 노예, 재산을 보호해 주는 거지 뭐야.

코로스장 그렇다면 어디 말이나 들어 보세. 그게 좋겠어. 적에게 서도 배울 것은 배운다니까.

피테타이로스 (에우엘피데스에게) 저놈들 가라앉는 모양이야. 조금 물러나자.

오디새 그래야 옳지. 나중에 나에게 고맙다고 할 거야.

코로스장 지금까지도 우리가 당신 말을 어긴 일은 없었지요.

피테타이로스 훨씬 조용해졌군. 냄비와 접시는 내려놓으세, 그리 고 창 대신 꼬챙이만 들고 저 항아리서부터 이쪽의 진내陣內를 경 비하고, 우리 병기고를 단단히 지켜야 해. 도망치면 안 되겠어.

에우엘피데스 옳은 말이야. 하지만 우리가 죽는다면 어디에 묻 히게 될까?

피테타이로스 케라미코스 국립묘지지. 나라에서 장사를 지내도 록 사령관보고 이렇게 말하는 거야. '우리는 오르네아이에서 나 라의 원수와 싸우다가 쓰러졌다.'고.

코로스장 모두 대열로 돌아가서 중기병들이 하듯이 용기와 분노 의 갑옷을 잠시 벗어 두게. 그리고 이 인간들에게 어떤 놈들이 며, 어디서 왔고, 무얼 하려는지 물어보자. 오디새 양반, 어디 계 시오?

오디새 날 불렀나? 왜 그래?

코로스장 저치들은 누구며 어디서 왔소?

오디새 현자의 나라 그리스에서 온 손님들이야.

코로스장 새의 나라에는 무슨 인연으로 왔소?

오디새 자네들이 좋아서, 자네들 같은 생활을 하고 언제까지나 함께 지내고 싶다는 거야.

코로스장 그래, 그래 그치들의 계획이란 뭐요?

오디새 그게 희한하고 전대미문이란 말이야.

코로스장 아니 여기서 살겠다고 하는 데에는 무슨 이득이라도 있는가요? 우리의 도움을 얻어 가지고 원수를 물리치거나 친구를 돕거나 하겠다는 거요?

오디새 말로 하기도, 생각을 하기도 어려운 어마어마한 이득을 제안해 온 거야. 이쪽저쪽 저 위 저 아래에 보이는 모든 것이 모두 자네들 것이 된다는 거야.

코로스장 거 미친 게 아닐까?

오디새 아니 정신은 더할 나위 없이 멀쩡해.

코로스장 머리가 좋은가요?

오디새 여우치고도 최고의 여우고 꾀덩어리고 능수능란한 구렁이 처세술의 명수야.

코로스장 그럼 어서 한시바삐 말하라고 하세요. 당신 말만 들어도 마음이 들먹들먹한데요.

오디새 (두 시종을 보고) 너하고 너는 이 무기들을 난롯가에 갖다 걸어라. 이곳을 다스리고 보호하시는 신 가까이 말이다. (피테타이로스에게) 그리고 자네는 내가 모두들 모이라고 한 까닭을 이야기해 주게.

피테타이로스 오오, 아폴론이여, 천만의 말씀. 원숭이 상통을 한 병기공 녀석이 마누라와 했다는 약속을 나하고도 하기 전엔 못 해요. 물지도 않고 내 고추를 잡아당기지도 않고, 그 뭔가를 틀 어넣지도 않겠다고……

에우엘피데스 (피테타이로스의 항문을 가리키며) 여기에 말이야?

피테타이로스 아니, 눈에 말이야.

코로스장 좋아 약속하지.

피테타이로스 맹세를 하시오.

코로스장 맹세하지요. 내가 약속을 지킬 경우엔 배심원도 관객 여러분도 만장일치로 내게 승리의 판정을 내릴 것.

피테타이로스 좋아, 약속이야.

코로스장 그리고 약속을 어기면 단 한 표만을 내게 투표하도록.

오디새 (포고하며) 여러분! 중기병 여러분은 무기를 거두어 집으로 돌아가서 우리가 내건 해산 선고를 빠짐없이 읽으시오.

코로스장 (노래)

교활 무쌍한 인간이긴 하나

어디 한번 설명을 해보아라.

내가 알아내지 못했고

그대가 알아낼 수 있었던

좋은 수가 있을지 뉘 알까.

말해 보라.

좋은 일이거든 정녕 그대와 나누어 가지리.

그러면 그대도 좋고

나도 좋고.

코로스장 한데 우리한테 온 목적이 뭐요? 대담하게 말해 봐. 휴전 약속을 깨지는 않을 테니, 이야기를 다 들을 때까지는.

피테타이로스 그러지 않아도 이야기가 하고 싶어 터질 지경이오. 벌써 할 말은 다 마련해 놓고 이제 반죽만 하면 돼요……. 여봐라! 화관과 내 손에 부을 물[11]을 가져오너라, 빨리.

에우엘피데스 잔치를 벌이는 거야? 어떡하라는 거야?

피테타이로스 천만에! 저치들의 딱딱한 마음을 풀어 놓을 근사하고 달콤한 말을 찾고 있는 거야.

(코로스에게) 당신들의 처지를 가슴 아프게 생각합니다. 한때는 모두 군주이셨던…….

코로스장 우리가 군주였어? 누구의?

피테타이로스 모두의. 첫째 나와 이 친구의, 그리고 제우스 신의 군주였단 말씀이지요. 당신들은 크로노스 신이나 티탄 신족보다도, 대지보다도 먼저 났어요.

코로스장 뭐 대지보다도 먼저?

피테타이로스 그렇고말고요.

코로스장 아아 제우스여, 그걸 몰랐구나!

피테타이로스 당신네가 무식하고 무관심하고 이솝을 안 읽었기 때문이지요. 종달새가 모든 생물보다, 아니 대지보다 먼저 생겨

났다고 한 것은 이솝이오. 종달새의 아버지가 병으로 죽었는데, 아직 대지가 생기지 않아서 오 년이나 묻지 못하고 있다가 이러지도 저러지도 못해 결국 자기 머릿속에 묻었다는 거 아니오.

에우엘피데스 그러니까 종달새의 아버지는 케팔레[12]에 묻혔단 말이로군.

피테타이로스 그러니까 대지보다도 제신보다도 먼저 생겨났다면 주권은 응당 우선적으로 새의 것이지.

에우엘피데스 옳소. 하지만 부리를 잘 갈아 두시오. 제우스는 그렇게 냉큼 주권을 딱따구리에게 넘겨주진 않을 거외다.

피테타이로스 옛날에 인간을 다스리고 지배한 것은 신이 아니라 새였는데, 그 증거는 얼마든지 있어요. 첫째, 수탉이 있지 않소. 수탉은 다레이오스나 메가바조스 같은 왕들보다도 먼저 페르시아를 지배했지요. 그래 옛날의 통치를 기념해서 수탉을 페르시아 새라고 하는 거요.

에우엘피데스 그 까닭에 오늘에 이르기까지 새들 가운데 수탉만이 대왕처럼 머리에 삼중관을 쓰고 다니는 거요.

피테타이로스 옛날엔 권세도 당당하고 위대하고 무서웠기 때문에 지금도 새벽에 수탉이 소리치면 모두들 벌떡 일어나지 않소. 대장장이, 옹기장수, 구두장수, 때밀이, 쌀장수, 리라 만드는 친구, 무기공 할 것 없이 모두 동이 트기 전에 신발을 신고 일터로 가지 않느냐 말이오.

에우엘피데스 그 이야기는 내가 하지. 아 글쎄 수탉 때문에 난 프리기아산 고급 모직 외투를 잃어버렸어. 어떤 아이의 생일 축하 잔치가 있어서 갔는데, 진탕만탕 마시고 그만 잠이 들었단 말이야. 그런데 수탉 한 마리가 남보다 서둘렀던지 울기 시작하지 않아. 그래 난 새벽인 줄 알고 할리모스를 가느라고 떠났단 말이야. 그런데 성벽까지 갔을까 말까 했을 때, 도둑놈이 몽둥이로 등을 한 대 갈기더란 말이야. 난 쓰러져서 고함을 치려는데, 아놈은 벌써 내 외투를 채 가 버린 뒤지 뭐야.

피테타이로스 솔개도 옛날에는 그리스의 지배자이자 왕[13]이었지.

코로스장 그리스의?

피테타이로스 그가 왕 노릇을 했을 때, 솔개 앞에 무릎을 꿇는 풍습을 인간들에게 가르친 거야.

에우엘피데스 그래그래. 나도 한 번 솔개를 보고 엎드린 일이 있어. 그런데 그때는 무릎을 꿇고 몸을 뒤로 젖히고 입을 딱 벌리고 있는 바람에 그만 입에 물었던 동전을 삼켜 버려서 빈 쌀자루를 들고 돌아가는 수밖에 없었지.

피테타이로스 뻐꾸기는 이집트와 페니키아의 왕이었어. '뻐꾸욱' 하고 소리치면 페니키아의 백성들이 몽땅 밭에 나가서 밀이니 보리를 거두어들였거든.

에우엘피데스 그래서 '뻐꾹뻐꾹 들로 나가라 대머리들아!'[14]란 속담이 생긴 거로군.

피테타이로스 이렇게 새들의 위세가 당당했기 때문에 그리스의 왕들은 아가멤논이건 메넬라오스건 왕홀王笏 꼭대기에 새를 얹어 놓고 다니면서 모든 진상물을 나눈 거지.

에우엘피데스 그건 나도 몰랐는걸. 그래서 연극에서 프리아모스가 새가 달린 단장을 들고 나오는 걸 보고 웬일인가 했었지. 아, 그 새가 리시크라테스가 무슨 뇌물이라도 받지 않나 하고 밝히고 있더란 말이야.

피테타이로스 그렇지만 가장 확실한 증거는 지금의 총통치자 제우스가 그의 왕권의 상징으로 독수리를 머리 위에 얹고 서 있는 모습이지. 그의 딸 아테나는 올빼미를, 그리고 그의 아들 포이보스는 매를 얹고 다니더군.

에우엘피데스 데메테르에 맹세코 그 말은 지당한데, 도대체 그 새들은 하늘에서 뭘 하는 거야.

피테타이로스 누가 제물을 바치려면 의식에 따라 내장을 신들께 올리지 않아. 그때 새들은 제우스보다 먼저 우수리를 떼는 거지. 옛날엔 사람들이 맹세할 때 신이 아니라 새에게 걸었거든.

에우엘피데스 지금도 람폰이란 놈은 남을 속이려고 할 때는 거위의 이름으로 맹세한다지.

피테타이로스 당신네들이 옛날에는 위대하고 신성했던 것이 이렇게 분명하지만 지금은 노예나 바보나 망령처럼 깔보이고 있어요. 성전에서까지 미쳐 날뛰는 놈에게 하듯이 돌을 던지고, 새잡이는 올가미니 덫이니 끈끈이를 칠한 가장이니 그물이니를 쳐 놓고 당신네가 잡히면 무더기로 팔아먹고, 사는 사람은 살이 쪘나를 확인하려고 만지작거리지 않아요. 게다가 상에 올려놓을 때도 어디 단순히 굽기만 하나요. 기름, 초, 생강즙을 섞은 데다 치즈를 긁어 넣고 달고 진한 소스를 친 놈을 지글지글 끓여서 등 위에 퍼붓는단 말이오. 마치 상해 빠진 고기처럼.

코로스 (노래)

이야기를 들으니 원통하도다.

우월한 지위를 자손들에게

물려주지 못한 조상이

너무나 안타까워 원망스러워

그러나 그대들을 보내 주심은

고맙고 다행한 운명의 소치.

그대는 우리 구주

자식과 우리들을

서슴없이 그대 손에 맡기리다.

코로스장 그러니 어떻게 할 것인지 빨리 말해 주시오. 무슨 수를 쓰든지 통치권을 되찾지 못한다면 살아서 뭣 하겠소.

피테타이로스 첫째, 새들은 모두 한곳에 모일 것. 그리고 바빌론 성같이 커다란 벽돌의 성벽을 하늘의 들판에 삥 둘러쌓고 하늘과 땅의 경계선에도 모두 벽을 쳐야 하오.

오디새 아아, 케브리오네스! 포르피리온! 무시무시하게 튼튼한 성벽이군!

피테타이로스 이 일이 다 되거든 제우스에게 주권을 돌려 달라고 요구하는 거요. 동의하지 않거나 거부를 하거든 앞으로 당신네 나라를 신들이 통과하지 못하게 해요. 지금까지처럼 알크메네니 알로페니 세멜레[15]니를 찾아 바람피우러 인간 세상에 내려가지 못하게 말이야. 억지로 지나가려 들거든 사랑의 행위를 못하게 고놈 위에다 고리를 해 채워. 그리고 인간들에게도 사자를 보내고 새들이 이제부터 왕이니, 제물을 먼저 새에게 바친 다음에 신에게 바치라고 포고하시오. 그리고 각 신에게 가장 닮은 새를 하나씩 배당하는 거야. 그래서 아프로디테에게 제사를 지낼 때는 물닭에도 보리를 바치고 포세이돈에게 양을 바칠 때는 오리에게 밀을 바치게 해요. 송아지를 헤라클레스에게 바칠라치면 갈매기에게 꿀떡을 바치게 하고 제우스 신을 위해 염소를 잡으면 그보다 앞서 새의 제왕 굴뚝새에게 수놈 모기를 바쳐야 한단 말이오.

에우엘피데스 모기를 제물로 삼는 건 근사한데! 위대한 제우스여, 천둥을 쳐 보시라지!

코로스장 하지만 인간들이 우리를 새가 아니라 신으로 생각할까? 우린 날개를 달고 날아다니는데.

피테타이로스 무슨 소리! 헤르메스는 신이라도 날개가 있어서 날아다녀. 그런 신은 얼마든지 있어. 승리의 신은 황금 날개로 날고 에로스도 그렇고, 이리스는 호메로스가 수줍은 비둘기에 견주었지 않아.

에우엘피데스 그런데 제우스가 천둥을 치면서 날개 돋친 번개를 떨구지 않을까?

코로스장 인간들이 눈이 멀어서 우리를 신으로 인정하지 않고 올림포스의 신들만을 숭상한다면?

피테타이로스 그러면 참새가 구름처럼 밭으로 몰려가서 씨앗을 모조리 쫘 먹어야지. 그래 놓고 데메테르[16]가 그놈 인간들에게 밀을 보태 주나 두고 보라지.

에우엘피데스 절대 안 보태 줄 거야. 두고 봐. 오만 가지 핑계를 댈 테니.

피테타이로스 그리고 까치들은 가축이나 밭일하는 황소의 눈알을 파먹고 신이라는 걸 증명하는 거야. 아폴론은 의사라고 해서 받아 먹는 게 있지 않아. 그놈보고 고쳐 달라고 하라지.

에우엘피데스 아니야, 그러면 안 돼. 우리 집 송아지 두 마리를 팔아 버릴 때까지 좀 기다려.

피테타이로스 만일 인간들이 당신들을 신비요, 생명이요, 대지, 크로노스, 포세이돈으로 알고 섬긴다면 온갖 이익을 내려 주지.

코로스장 그 중 한 가지만 어디 말해 보시오.

피테타이로스 첫째, 메뚜기가 포도 꽃을 따 먹지 못하게 하는 거야. 올빼미와 황조롱이의 부대가 메뚜기를 잡아먹는 거지. 그리고 각다귀와 별도 이제부터는 무화과를 먹지 못할 거야. 개똥지빠귀의 떼가 한 놈도 안 남기고 집어삼킬 테니까.

코로스장 하지만 어떻게 인간들을 부자로 만드나? 그 친구들이 가장 바라는 것이 그거지 않소?

피테타이로스 그건 인간들이 점치러 올 때, 노다지가 쏟아지는 보물단지를 가르쳐 주고, 수지가 맞는 장사거리를 귀띔해 주면 돼. 파선을 당하거나 빠져 죽는 일도 없게 해주고.

코로스장 빠져 죽는 일을 없애요? 어떻게?

피테타이로스 항해하기 전에 길흉을 판단하러 오면 새가 '폭풍이 올 테니 떠나지 마라.' 라든가, '가라, 크게 벌 것이다.' 라든가 말하는 거야.

에우엘피데스 난 배를 사 가지고 바다로 가겠어. 자네하고 여기 있지 않겠어.

피테타이로스 또 옛날 사람들이 묻어 둔 보물을 찾아 줄 수도 있지. 당신들은 알고 있을 테니. '새가 아니고서야 내 보물이 있는 곳을 아는 이는 없다.' 고들 하지 않소.

에우엘피데스 배를 팔아 가지고 보물단지를 파낼 삽을 사야겠군.

코로스장 하지만 어떻게 인간들의 건강을 돌보아 주나? 그건 신이 할 일인데.

피테타이로스 마음이 편하면 그게 건강으로 가는 지름길이 아니오? 고생하는 사람은 몸 편할 날이 없어요.

코로스장 장수의 신도 올림포스에 계신다는데, 어떻게 그들이 장수하오? 젊어서 죽어야 하나?

피테타이로스 아니, 새는 삼백 년이라도 수명을 보태 줄 수 있지?

코로스장 어디서 어떻게?

피테타이로스 어디서냐고? 저희들에게서지. 깍깍, 까치가 인간의 다섯 배를 산다는 것도 모르오?

에우엘피데스 헤헤이, 새들이 제우스보다 왕으로는 훨씬 낫겠다.

피테타이로스 (엄숙하게) 훨씬 낫고말고.

첫째, 새를 위해서 돌을 깎아 가지고 신전을 지을 것도 없고 황금으로 만든 문을 해 달지 않아도 된단 말이야. 숲 속이나 참나무 그늘에 살면 되거든. 제아무리 숭앙을 받는 새라도 올리브 잎새가 신전 노릇을 해? 제사를 지낼 때도 델포이나 암몬까지 갈 것 없이 소귀나무나 올리브 숲에 서서 두 손에 밀알 보리알을 한 움큼씩 쥐고 은혜를 내려 주시라고 빌면 되는 거야. 곡식 몇 알갱이면 금세 소원이 풀린단 말이지.

코로스장 할아버지, 내가 전엔 당신을 미워했지만 지금은 가장 소중한 분이시오. 이젠 당신의 충고를 어김없이 따르겠습니다.

코로스 (노래)

그대 말에 힘을 얻어

나 감히 신들과 맞서리.

그대 우리와 합세하여

정의와 진실과 불가침의

언약에 성실하다면

신의 주권이 무너지는 날도

멀지 않았으리.

코로스장 힘이 필요한 일은 우리가 모두 맡기로 하고 지혜와 계략이 필요한 일은 당신들이 하시오.

오디새 제우스여! 우물우물하거나 니키아스처럼 빈둥거리고 있

을 때가 아니야. 한시바삐 행동으로 옮겨야지……. 먼저 내 둥지
로 들어갑시다. 덤불과 짚이 깔려 있으니 거기서 자기 소개를 합
시다.

피테타이로스 그야 쉬운 일, 내 이름은 피테타이로스. 이 친구는
에우엘피데스, 크리사 출신이지요.

오디새 네에, 행운을 비오.

피테타이로스 감사합니다.

오디새 이리 들어오시오.

피테타이로스 그럼 우리를 안내하고 소개해 주시지.

오디새 자, 갑시다. (그는 날아간다.)

피테타이로스 (그를 잡으며) 어이구 맙소사.
　돌아와요. 이거 보쇼, 어떻게 쫓아가란 말이오? 당신은 날지만
우린 못 나는걸.

오디새 이런 내 참.

피테타이로스 이솝의 이야기가 있지 않소. 여우가 독수리와 한
패가 되었다가 혼이 났다고.

오디새 걱정 마요. 풀뿌리를 먹으면 날개가 어깨서부터 솟아날
테니.

피테타이로스 그럼 갑시다. 얘들아 크산티아스, 마노도로스, 짐
을 들어라.

코로스장 여보쇼, 오디새 양반!

오디새 왜 그러나?

코로스장 이분들을 모시고 가서 대접을 잘해 드리시오. 그리고 뮤즈도 무색할 노래를 지저귀는 꾀꼬리도 불러요. 한가한 시간에 우리도 좀 들읍시다.

피테타이로스 아암 좋지. 제 청을 들어주시오. 당신의 소리 한 마디면 그 귀여운 새가 숲에서 달려 나올 것 아니오. 제발 오라고 해요. 밤꾀꼬리를 감상 좀 하게.

오디새 좋도록 합시다. 프로크네, 이리 와서 손님에게 선 좀 보여요.

(프로크네 등장, 피리부는 소녀의 모습)

피테타이로스 아이고 제우스여! 예쁘기도 하지! 가냘픈 몸, 아름다운 깃털! 여보 난 저 무릎과 무릎 사이에 들어가고 싶어졌어.

에우엘피데스 처녀신처럼 전신이 눈부신 금빛이군. 아아, 입 맞추고 싶어 죽겠다!

피테타이로스 예끼! 이 친구야. 입이 뾰족한 창끝 같은걸!

에우엘피데스 달걀처럼 말이야. 먹기 전에 껍질을 벗기거든. 저 탈을 벗기고 나서 귀여운 얼굴에 입을 맞추는 거지.

오디새 갑시다.

피테타이로스 앞장서시오. 우리 성공합시다.

(오디새 숲에 들어간다. 피테타이로스와 에우엘피데스 뒤따른다.)

코로스장 (노래)

　아름다운 황금의 새여

　가장 소중한 그대

우리 모든 노래에

소리 맞춰 우는 꾀꼬리여

이제 그대 나타나

그 노래로 나를 매혹하리니

부드러운 피리

봄을 찬양하며

아나페스트의 가락을

불어라.

(코로스, 관중을 향하여 돌아선다.)

코로스장 땅에 매인 연약한 인간이여, 나뭇잎처럼 덧없는 진흙의 생물, 암흑에 지나지 않는 그림자와 꿈같이 무상한 인생을 보내는 불쌍한 인간들이여. 하늘을 날며 원대한 계획을 세운 불로장생의 우리 말을 들으라.

거룩한 사실을 가르치리니 새의 천성과 신의 유래, 강과 저승과 카오스의 근원을 알라. 프로디코스[17]도 알고 싶어할 사실들이니라.

태초에 카오스와 밤과 저승과 깊고 깊은 황천만이 있었으니 땅도 하늘도 천공도 있지 않았다. 유명幽冥의 끝없이 깊은 속에 검은 나래를 가진 밤이 정충의 도움 없이 알을 낳아 오랜 세월이 흐른 후, 이 알에서 아름다운 에로스가 태어났으며, 그 찬란한 황금의 날개는 폭풍의 회오리가 무색하리 만치 날쌨다. 그가 황천에서 역시 날개를 가진 검은 카오스와 함께 되어 우리 무리를 낳았으니 우리가 최초로 광명을 본 생물이니라. 에로스가 세계의 모든 성분을 함께 하기 전에는 인간은 있지 않았고, 하늘과 바다와 땅과 불사의 신들도 여러 성분의 결합이 이루어진 다음에 비로소 생겨난 것이다. 그리하여 우리의 기원은 올림포스의 제신보다 오래이다. 우리가 에로스의 자손임을 보여 주는 증거는 얼마든지 있다. 날개를 가졌고 많은 애인을 돕지 않았는가. 아리따운 처녀들이 응하지 않겠다고 앙탈하다가 우리의 도움으로 청춘이 다 가기 전에 애인에게 몸을 맡기는 일도 많다. 그들은 메추라기, 물새, 거위, 닭의 선물을 받고 이끌리는 것이다.

또 인간에게 중대한 이득은 모두 우리 새들에게서 비롯하는 것이니 첫째, 봄, 겨울, 가을의 계절을 가르쳐 줌이니라. 학이 울면서 리비아로 옮겨 갈 때는 농부가 씨를 뿌릴 때이고, 선원은 집에서 키를 걸어 두고 낮잠을 잘 때이며, 오레스테스는 추위 때문에 남의 옷을 뺏지 아니하여도 되도록 외투를 짤 때이다. 솔개가 보이면 봄이 돌아온 것이고 양털을 깎을 때가 온 것이다. 제비가 오면? 그때는 모두 따뜻한 옷가지를 팔고 얇은 옷을 사 들인다. 즉 우리는 너희들의 암몬, 델포이, 도도나, 포이보스, 아폴론이니라. 무슨 일이건 시작하기 전에 너희는 점괘를 읽으며 새와 의논하지 않느냐? 장사건 결혼이건 식량 구입이건 간에 미래를 점치는 것은 모두 새점[18]이라 부르지 않느냐? 소문도 새점, 재채기도 새점, 상봉도 새점, 낯선 소리도 새점, 노예나 당나귀까지도 새점……, 그러니 우리들 새가 너희에겐 예언자 아폴론이 아닌가?

(점점 말이 빨라지며)

우리를 신으로 모시면, 우리는 너희들의 예언신이 되어 바람
도, 계절도, 여름도, 겨울도 온화한 시기도 알려 줄 수가 있느니
라. 또 제우스처럼 저 높은 구름 사이로 숨어 버리는 대신 너희들
과 함께 있으면서 너희들뿐만 아니라 자손 대대까지도 건강과
부귀와 장수와 평화, 젊음, 웃음, 노래 잔치를 베풀어 주리라. 다
시 말해서 행복에 지쳐서 겹도록 잘살게 되느니라.

코로스 (노래)

그윽한 노래 즐거운
전원의 뮤즈여
티오 티오 티오 티티 팅크스,
나무숲 산마루에서
나 그대와 노래하리.
티오 티오 티오 팅크스,
물푸레 우거진 잎 사이로
황금빛 나의 목소리
판 신을 찬양하여
거룩한 가락을 부르노라.
산마루에서 키벨레를
기리는 힘찬 노래에
내 소리 녹아드니
토토토토토토토토토토토팅크스,

프리니코스가

이 노래의 향연에서

꿀벌처럼 따 가는

불로신선의 달콤한 열매여

티오 티오 티오 팅크스.

코로스장 만일 관객 여러분 중에서 새들과 함께 조용히 여생을 보내고 싶은 분이 계시면 오십시오. 지구상에선 수치스럽고 법률로 금지된 일도 우리 새들 세상에서는 반대로 훌륭한 일이니까요. 가령 여러분은 어버이를 때리는 것이 죄라고 하지만, 우리들에겐 훌륭한 행위거든요, 아버지에게 달려들어 한 대 때려 놓고 '자 싸우려거든 발톱을 곤두세우시오.' 하는 건 괜찮거든요. 낙인찍힌 도망친 노예도 우리 사이에 들어오면 얼룩 자국으로 통할 수가 있고요. 스핀타르스에 비길 만한 프리기아 인이라면 여기서는 프리기아 새 즉 방울새가 되는 거예요. 필레몬과 같은 종족 말입니다. 엑세케스티데스처럼 노예인데다 카리아 인이면 세대주가 되어서 얼마든지 친척이 생길 수 있어요. 페이시아스의 아들이 적과 내통해서 성문을 열어 주려고 든다고요? 그 사람은 자고새가 되라지요. 그러면 그 아버지에 그 아들 격이 됩니다. 우리 사이에서는 자고새처럼 매끄럽게 구는 것이 하나도 창피가 아니랍니다.

코로스 (노래)

　그리하여 헤브로스 강변의

백조들은 티오 티오 티오 팅크스,

날개 치며 소리를 맞추어

아폴론을 기리네.

티오 티오 티오 티오 팅크스,

그 노래 하늘의 구름에 다다라

짐승의 무리를 놀라게 하니

잔잔한 하늘의 파도를 달래도다.

토토토토토토토토토토 팅크스,

올림포스 산도 메아리쳐

신들 모두 감동하리.

미의 세 여신, 그리고 뮤즈도

소리 높이 외치리

티오 티오 티오 팅크스.

코로스장 날개처럼 편리하고 유쾌한 것은 다시 없습니다. 우선 관객 한 분이 배가 고프고 비극 작가의 넋두리에 싫증이 났다고 합시다. 그런 때 날개가 있으면 집으로 훨훨 날아가서 밥을 먹고 배를 채워 가지고 돌아올 수가 있습니다. 극장 청소부 파트로클 레이데스 같은 분이 있어서 뒤가 보고 싶어도 옷에다 실수할 것 도 없이 날아가서 볼일을 보고 숨을 돌리거든 돌아오면 되거든 요. 또 어느 누가 남몰래 재미 보고 있는 양반이 있다고 합시다. 그런데 애인의 남편이 여기 귀빈석에 앉아 있는 걸 보면 날개를 펴고 애인에게로 가서 일을 치르고 돌아올 수 있지 않습니까. 그러니 날개가 있다는 것이 헤아릴 수 없이 귀한 천부의 선물이지 뭡니까. 디트레페스를 보십시오! 그 친구의 날개는 버드나무 세 공이었다지만 구역장으로 선출되었다가 마침내는 기병대장이 되지 않았던가요. 무명의 알몸에서 일약 명사가 된 겁니다. 그래 지금은 황금의 닭으로 행세하고 있지요.

(피테타이로스와 에우엘피데스, 날개를 달고 등장)

피테타이로스 아이고! 이게 뭐야? 이렇게 우스운 건 생전 처음 보겠는데.

에우엘피데스 뭐가 우스워?

피테타이로스 자네 날개 말이야, 자네 뭣같이 보이는지 알아? 미장이가 그린 거위 같단 말이야.

에우엘피데스 그래 자넨 면도질한 까마귀 같고.

피테타이로스 우리가 자청해서 이런 모양이 된 건 아니야. 아이스킬로스 말마따나 '이것은 빌린 날개가 아닌 진정코 우리의 날개'란 말이야.

오디새 여보게, 이제 어떡하면 되나?

피테타이로스 첫째, 이 나라에 위대하고도 근사한 이름을 붙이고 다음엔 신들께 제사를 드리는 거지요.

에우엘피데스 그래야지요.

코로스장 그래 이 나라를 뭐라고 부른다?

피테타이로스 고상한 라코니아식 이름이 어떨까요? 스파르타라고 하면?

에우엘피데스 뭐! 스파르타라고? 에스파르토 마[19]는 침대에도 쓰지 않겠어. 비록 골풀을 쓸망정.

피테타이로스 그럼 어떤 이름을 붙이겠다는 거야?

에우엘피데스 이 구름, 우리가 사는 이 높은 하늘에서 따온……, 다시 말해서 잘 알려진 이름 말이야.

피테타이로스 네펠로코키기아[20]는 어때?

코로스장 최고야! 정말 좋은 생각이야!

에우엘피데스 테아게네스니 아이스키네스의 재산이 모두 있다는 데가 그 네펠로코키기아인가?

피테타이로스 아니, 그건 플레그라의 들이지. 왜 신들이 대지의 아들들의 콧대를 화살로 꺾었다는데 말이야.

코로스장 아아, 훌륭한 나라이다! 하지만 수호신은 누굴 모시지, 어느 신에게 옷을 만들어 바칠 건가?

에우엘피데스 호국의 신 아테나는 어때?

피테타이로스 아아니, 여신이 머리끝부터 발끝까지 무장을 하고, 클레이스테네스가 베를 짜는 나라가 치안이 잘도 되겠군그래.

코로스장 그럼 누가 이 나라를 지키는 거야?

피테타이로스 새요.

코로스장 새라고? 어떤 새?

피테타이로스 페르시아 계통의 새, 군신 아레스의 병아리로 용맹이 알려진 새 말이오.

에우엘피데스 흐음, 용맹하신 병아리님이라!

피테타이로스 돌산에 사시기엔 안성맞춤인 신이지. 자, 자넨 하늘로 올라가서 성벽을 짓고 있는 친구들을 돕게. 자갈을 나르고, 웃통을 벗어부쳐 진흙을 개고, 돌 삼태기를 지고 사다리에서 떨어지든지 좋도록 해. 야경꾼도 세워서 재 속에 노상 불씨가 살아 있게 하고, 종을 들고 성벽을 감시하고 다니면서 그 위에서 자든지 하고 말이야. 그리고 사절 둘을 골라 하나는 위의 여러 신께, 또 하나는 밑의 인간에게 보내 놓고 이리 오란 말이야.

에우엘피데스 그래 자넨 여기 있다가 염병에나 잡아먹혀라!

(에우엘피데스 퇴장)

피테타이로스 내가 보내는 대로 가 줘. 자네 없이는 내 하는 말이 하나도 수행이 안 되니. 나는 제신에게 제사를 지내야겠는데……. 의식을 맡아 할 사제를 청해 와야지. 여봐라! 제물을 담은 바구니와 손 씻을 물을 가져오너라.

코로스 (노래)

그대 하는 대로

그대 원하는 대로

나도 따라 하리니

효험 있고 엄숙한

기도를 올리라.

감사의 뜻으로

양을 곁들여 바치고

피톤의 노래

신의 찬미를 부를 때

카이리스여

맞추어 피리를 불어라.

피테타이로스 (피리 부는 사람에게) 그만 해! 아아니, 그런데 이건 또 뭐야? 아이고 하느님! 나도 별의별 괴상한 걸 다 본 처지지만 피리 부는 피리 받침[21]을 한 까치는 처음인걸.

(사제 등장)

사제님 시간이 다 됐어요! 새로 모시게 된 여러 신께 제사를.

사제 시작을 하겠지만 제물 바구니는 어디 있소? 비나이다, 비나이다. 새들의 가마솥의 여신 헤스티아여, 난로를 지키는 솔개여. 그리고 올림포스에 계옵신 모든 신, 수새 암새들이여……

피테타이로스 오오, 수니옴의 수호신 매님이여, 황새님이여!

사제 델로스 섬의 백조님, 메추라기의 어머니 신 레토여. 그리고 검은 방울새의 아르테미스여.

피테타이로스 이젠 콜라이니스의 아르테미스가 아니라 검은 방울새의 아르테미스로군.

사제 참새 바코스여, 제신과 인류의 어머님인 타조 키벨레여!

피테타이로스 오오, 클레오크리토스의 어머니이신 성스러운 타조 키벨레여!

사제 네펠로코키기아와 키오스 섬의 주민들에게 건강과 평화를 내리소서……

피테타이로스 키오스의 주민이라고! 좋아, 아무 데나 끼어들지 않는 데가 없군.

사제 새의 영웅들, 그 영웅들의 아들들, 포르피리온, 펠리칸, 넓
적부리, 울새, 뇌조, 공작, 올빼미, 검둥오리, 알락해오라기, 왜가
리, 바다제비, 딱새, 굴뚝새……

피테타이로스 그만 그만 그만 해 둬. 그 끝도 없는 이름을 듣자니
까 미치겠다. 여보, 그래 독수리니 물수리니를 어디다 부르자는
거요? 솔개 한 마리면 넉넉히 이 제수를 채뜨려 갈 수 있는 줄도
몰라? 꺼져! 그 너덜거리는 만장挽章이고 뭐고 다 들고 꺼젓! 제
사는 나 혼자라도 지낼 수 있어.

(사제 퇴장)

코로스 (노래)

　재계齋戒의 의식을 위해

　성스러운 노래 부르며

　불멸의 신들을 청해 오리라.

　아니 충분한 제수를 드리기 위해

　한 분만을 모셔 오리라.

　여기 놓인 제물은

　뿔과 껍질뿐

　먹을 건 아무것도 없으니까.

피테타이로스 자, 제물을 바치고 날개를 가지신 신에게 기도합
시다.

(시인 등장)

시인 뮤즈 신이여! 복된 네펠로코키기아를 당신의 송가로 기리소서.

피테타이로스 이건 또 뭐야? 어디서 왔소? 당신 누구요?

시인 호메로스의 말에 따르면 '꿀보다 달콤한 말씨로 뮤즈 신을 정성껏 섬기는 종복'이지요.

피테타이로스 종복? 그런데 왜 머리는 길게 길렀어?

시인 아니지요. 하지만 호메로스에 따르면 우리 시인들은 모두 뮤즈의 부지런한 종복이라는 거지요.

피테타이로스 아닌 게 아니라 자네 외투는 얼마나 부지런히 섬겼던지 다 해졌군. 그건 그렇고 무슨 바람이 불어서 여기 왔소?

시인 네펠로코키기아를 위한 시를 지었거든요. 시모니데스 못지않은 훌륭한 시가니 무곡이 한아름이나 되지요.

피테타이로스 언제 지은 건데? 지은 지 얼마나 됐소?

시인 벌써, 벌써 오래됐지요. 이 나라를 찬양해서 노래한 건.

피테타이로스 하지만 난 지금 이 제물로 나라의 창설을 축하하고 있는데. 갓난아이들에게 하듯이 방금 이름을 지어 준 길이란 말이오.

시인 바람처럼 달리는 준마같이
　뮤즈의 말씀은 날아갑니다.
　에트나의 고귀하신 창설자이신 그대여, 이름만 들어도 신성한 제물을 상기시키는 그대여, 관대하신 마음이 내키는 대로 선심을 쓰십시오.

(손을 내민다.)

피테타이로스 뭘 줘서 쫓아 버리지 않으면 못 견디겠는걸. (사제의 종복을 보고) 이봐, 자넨 옷 위에다 모피를 입고 있으니 그걸 벗어서 저 훌륭한 시인에게 주게나. 자, 이 모피를 가져요. 추워서 떨고 있군.

시인 이 선물을 뮤즈도 기꺼이 받으시리다. 그러나 핀다로스의 시구를 그대 마음에 새기소서.

피테타이로스 아이고 귀찮아 죽겠다! 저놈을 떼어 버릴 수가 없단 말인가!

시인 '스키티아의 유목민과 더불어
　방황하는 스트라톤은
　속옷도 없노라.
　입은 것은 짐승의 생가죽, 길쌈한 의복이 없음이
　슬프도다.'
　무슨 뜻인지 아시겠지요?

피테타이로스 그래 옷을 달라는 소리인 줄 알았어. 이봐, (사제의 종복을 보고) 자네 옷을 벗어 주게. 저 시인을 도와야겠네……. 자이걸 받아 가지고 나가.

시인 가지요. 그리고 이런 노래를 이 나라에 바쳐 드리지요.
　'황금의 옥좌에 계시옵는 포이보스여
　이 얼어붙게 추운 나라를 기리소서.
　나 눈에 덮인

풍요한 들판을 건너왔노라.

트랄랄라, 트랄랄라!'

(시인 퇴장)

피테타이로스 추위에 대해선 왜 노래하는 거야? 옷 덕택으로 이
젠 추위가 겁도 안 날 텐데. 원 제기, 저놈의 친구가 여기 오는 길
을 그렇게 빨리 알 줄이야 미처 몰랐지 또. (노예를 보고) 자 손 씻
을 물을 가져오고 제단을 돌아, 모두 조용히!

(점쟁이 등장)

점쟁이 염소를 잡지 마시오.

피테타이로스 당신은 누구요?

점쟁이 누구냐고? 점쟁이지.

피테타이로스 나가!

점쟁이 불쌍한 사람아, 신성한 일을 멸시하면 못써요. 네펠로코
키기아에 꼭 들어맞는 바코스의 신탁이 있단 말이야.

피테타이로스 그럼 왜 나라를 세우기 전에 내게 알리지 않았어?

점쟁이 신령께서 그러지 말라고 하셔서.

피테타이로스 그래 그 신탁이라는 걸 들어 두는 수밖에 없겠지.

점쟁이 '그러나 코린토스와 시키온 사이에 이리와 하얀 까마귀
가 함께 살진대⋯⋯.'

피테타이로스 코린토스 놈들과 나하고 무슨 상관이 있다는 거요?

점쟁이 바코스께서 말씀하시는 것은 하늘에 있는 지역이지요.
'먼저 하얀 염소를 판도라에게 바친 다음 내 신탁을 전하는 자에

게 좋은 옷과 새 구두를 줄지어다.'

피테타이로스 거기에 구두라고 씌어 있나?

점쟁이 그럼요. '그리고 포도주와 제물의 내장도 푸짐하게 먹일 지어다.'

피테타이로스 내장을? 그렇게 씌어 있단 말이오?

점쟁이 그럼요. '신탁을 지킬 경우, 그대는 구름 사이를 나는 독 수리가 되리라. 지키지 아니할 경우 그대는 호도애도, 독수리도, 딱따구리도 되지 못할지니라.'

피테타이로스 그런 게 다 씌어 있어?

점쟁이 그렇다니까.

피테타이로스 그건 아폴론이 내게 내리신 신탁과는 아주 딴판이 야. '제사를 지낼 때 사기꾼 같은 불청객이 와서 제물에 한몫 보 려 들 경우엔 갈빗대를 몽둥이로 힘껏 칠지어다.'

점쟁이 별말씀을 다 하십니다.

피테타이로스 이걸 보게. '구름 사이를 나는 독수리이건 점쟁이 람폰이건 위대한 예언자 디오피테스이건 용서할 것 없느니라.'

점쟁이 그렇게 씌어 있단 말이오?

피테타이로스 아무렴. 어서 가서 목이나 매달게.

점쟁이 아이고 내 신세야.

(점쟁이 퇴장)

피테타이로스 그 신탁은 어디 딴 데로 가지고 가.

(메톤, 측량 기구를 들고 등장)

메톤 내가 온 것은……

피테타이로스 (말을 막으며) 귀찮은 놈이 또 왔군. 뭣 하러 왔나? 계획이 뭐요? 무슨 목적이 있어서 예까지 왔소? 그 굉장한 장화는 뭣 하려는 거요?

메톤 이 공중의 토지를 측량하고 대지를 구분해 드리려고요.

피테타이로스 대체 그러는 당신은 누구요?

메톤 나요? 메톤이오. 그리스와 콜로노스에서 유명한.

피테타이로스 그건 뭐 하는 거요?

메톤 공중을 측량하는 도구지요. 하늘은 둥근 아궁이 모양을 하고 있지요. 그러니까 이렇게 휜 자로 꼭대기부터 밑에까지 선을 그어 놓고 그 선상의 점을 중심으로 이 캠퍼스로 원을 그리는 거요. 알겠소?

피테타이로스 조금도 모르겠다.

메톤 똑바른 자는 원 속에 사각형을 그릴 때 쓰는 건데, 한복판엔 시장을 놓고 거기를 향해서 직선 도로가 모두 모이게 되오. 별 모양으로 말이지요. 그 자체는 둥근 모양이지만 사방팔방에 직사광선을 발하는 거지요.

피테타이로스 탈레스 같은 소릴 하는군, 여보 메톤.

메톤 왜 그러시오?

피테타이로스 내 친구의 정의를 보여 주겠는데 빨리 나가는 게 좋아.

메톤 왜? 어떤 일이 일어나겠기에?

피테타이로스 여기도 스파르타와 다를 게 없어. 타향 놈들은 쫓아내고 몽둥이찜질을 퍼붓지.

메톤 여기서도 폭동이 있나요?

피테타이로스 아니. 천만에…….

메톤 그럼 왜 그래요?

피테타이로스 우린 사기꾼, 협잡꾼은 모조리 쫓아내기로 한 거야.

메톤 그럼 가지요.

피테타이로스 안됐지만 너무 늦었어. 벼락은 이미 떨어진 거야. (메톤을 때린다.)

메톤 아이고 아야야.

피테타이로스 내가 뭐랬어. 어서 가. 측량인지 뭔지는 딴 데 가서 하시지.

(메톤, 달아난다. 그가 사라지자 감찰관 등장)

감찰관 외무부는 어디 있어?

피테타이로스 아시리아 왕 사르다나팔로스처럼 거드름을 피우는 이놈은 누구야?

감찰관 나는 네펠로코키기아의 감찰관으로 선출되어 부임해 온 사람이야.

피테타이로스 감찰관? 누가 당신을 이리 보냈어?

감찰관 텔레아스가 정해서 보낸 걸세.

피테타이로스 수고비를 받아 가지고 아무 일 말고 가는 게 어때?

감찰관 그러기로 하지. 아테네 회의에 곧 나가 봐야 할 일이 있

147

으니까. 페르시아 태수 파르나케스와 관련된 협상을 할 책임이
있어서.

피테타이로스 이걸 받고 가 버렷! 이게 수고비다.

(감찰관을 때린다.)

감찰관 왜 이래?

피테타이로스 이게 바로 파르나케스를 방어하는 협상이라는 거다.

감찰관 감찰관을 구타한 죄를 증언해야 할걸.

피테타이로스 투표 항아리[22]를 들고 냉큼 나가지 못해? 우리가
신께 건국의 제사를 지내기도 전에 감찰관을 보내오다니 참 기
가 차서.

(감찰관, 숨는다. 법령을 파는 장수 등장)

법령 장수 (읽으면서) 네펠로코키기아 인이 아테네 시민에게 범죄
를 저지를 경우엔…….

피테타이로스 이번엔 또 어떤 골칫거리냐? 그 책은 뭐요?

법령 장수 전 법령을 파는 장수올시다. 새 법률을 팔려고 온 겁죠.

피테타이로스 어떤 법률 말이야?

법령 장수 '네펠로코키기아 인은 올로픽소스 인과 같은 도량형
기를 사용할 것.'

피테타이로스 너나 올로픽소슨지 얼간 망태긴지를 흉내 내라.

(그를 때린다.)

법령 장수 아야야! 왜 이러시오?

피테타이로스 그 법령을 들고 나가지 못해? 가혹한 법을 네놈에

게 보여 주기 전에.

(법령 장수 나간다. 감찰관 숨었던 자리에서)

감찰관 피테타이로스를 폭행죄로 윤선달에 소환한다.

피테타이로스 헤헤이, 저 작자 아직도 있었어?

(법령 장수 다시 나타난다.)

법령 장수 '관리를 쫓아내고 게시된 바대로 환영하지 않는 자는……'

피테타이로스 저 녀석이! 또 왔어? (그에게 덤벼든다.)

감찰관 두고 봐라. 네놈에게 일만 드라크마의 벌금을 물게 할 테니.

피테타이로스 그 투표 항아리를 부수어 줄 테다.

감찰관 네가 법령이 게시된 돌기둥을 쳐부쉈던 날 밤을 기억하느냐?

피테타이로스 저기, 저기 저놈을 잡아라! (감찰관 달아난다.) 왜 더 있지 않고 가는 거야? 우리 안으로 들어가서 염소를 바치자.

코로스 (노래)

이제부터 인간들은

제사와 기도를

모든 것을 보살펴 다스리는

내게 올려라.

나의 시야는 우주를 덮어

열매를 지키고

새 열매가 싹 트기 무섭게

먹어 버리는

가지가지 해충을

없애 버리도다.

향기로운 꽃밭을

전염병처럼 노리는

파먹고 기어 다니는 벌레들도

나의 날개가 미치는 곳에선

전멸이다.

코로스장 가는 곳마다 이런 포고가 내렸던데. '멜로스의 디아고라스를 죽인 자에게 상금 일 탈란트, 또 독재자 중의 누군가를 죽인 자에게 상금 일 탈란트를 수여한다.'고 말이야. 그러니까 우리도 이런 포고를 내리자는 거야. '스트로티아의 필로크라테스[23]를 죽인 자에겐 상금 일 탈란트, 생포해 온 자에게 상금 사 탈란트를 수여한다. 필로크라테스란 자는 참새들을 잡아서 꼬챙이에 꿰어 일곱 마리에 일 오볼로스를 받고 판 자이다. 또 티티새를 크게 보이게 하기 위해 바람을 불어 넣고, 검은 새 콧속에 깃털을 넣고, 꿩을 잡아 가두어 그물로 묶어 다른 꿩들을 유인하는 미끼로 이용한 자이다.' 이런 포고를 내잔 말이야. 누구든지 뜰에 새를 가둬 두고 있는 사람이 있거든 당장에 풀어 주시오. 그렇게 하지 않는 사람은 새들이 잡아다가 사슬로 묶어서 다른 인간들을 유인하는 미끼로 삼을 것이오.

코로스 (노래)

　행복할사 우리 새들

　겨울이 온들

　외투가 없은들 두려우랴.

　찌는 삼복더위도

　두려울 게 없네

　한낮의 태양이 땅을 태우고

　햇빛에 취한 쓰르라미가

　날카로운 노래를 부를 때

　나는 들의 꽃밭 깊은 잎사귀에 싸여

　포근히 쉬노라.

　겨울에는 깊숙한 동굴에서

　산의 요정들과 더불어 춤추고

　봄이면 미의 여신의 뜰을 찾아

　도금양 숲에서

　하얀 풋열매를 따 먹노라.

코로스장　잠깐 동안 심사원 여러분께 수상에 대해서 말씀드리려고 합니다. 우리 편을 들어 주신다면 파리스가 받은 것보다 훨씬 더하고 막대한 이득을 드리겠습니다. 첫째, 심사위원 모두가 무엇보다도 탐내는 라우리옴의 올빼미銀貨에 주리는 일이 없을 겁니다. 올빼미가 노상 여러분과 함께 살면서 돈 주머니에 보금자리를 치고 은화를 낳을 것입니다. 또 여러분은 신전 같은 집에 살

수가 있습니다. 여러분의 집 위에다 독수리[24] 날개 모양의 초가
지붕을 만들어 드릴 테니까요. 공직을 맡아서 돈을 좀 긁어 모아
야겠다면 매의 뾰족한 발톱을 드리지요. 밖에서 식사를 하시게
되면 추수새와 같이 든든한 위장을 제공해 드리겠습니다. 그러
나 만일에 우리에게 반대하실 때에는 잊지 말고 동상처럼 머리
위를 가리는 금속판을 마련하시는 게 좋을 겁니다. 그러지 않으
면 흰옷을 입는 날엔 온통 새똥으로 범벅이 될 테니까요.

피테타이로스 새 제군! 제사는 잘 지내고 길조인데 성벽을 짓는
데서는 어떻게 되었는지 아무도 오지 않는데……. 아, 저기 하나
헐레벌떡 올림피아 식으로 뛰어온다.

사자 (좌우로 뛰어다니며) 어디, 어디, 어디 계시오, 어디, 어디 어
디 계시오?

어디 어디, 어디 계시오? 우리의 지도자 피테타이로스는?

피테타이로스 여기 있네.

사자 성벽은 완성했습니다.

피테타이로스 거 반가운 소식이군.

사자 굉장히 아름답고 웅장한 예술품입니다. 성벽의 두께가 어
찌 넓은지 허풍촌의 허세꾼 프록세니데스와 테오게네스가 트로
이의 목마만 한 말이 끄는 마차를 타고도 서로 마주 보고 넉넉히
지나갈 수가 있습니다.

피테타이로스 좋아.

사자 길이는 백 스타디아입니다. 제가 손수 재어 보았지요.

피테타이로스 길이도 좋군. 그래 누가 그런 성벽을 지었나?

사자 새들이지요. 순전히 새들이 했습니다. 이집트의 벽돌장이도 석공도 목수도 없이 새들이 다 한 겁니다. 저도 제 눈을 못 믿겠어요. 기초를 만드는 돌은 리비아의 학 삼만 마리가 날라 왔고요, 뜸부기가 부리로 그 돌을 쪼아서 깎았지요. 황새 만 마리는 벽돌을 만들고, 물새들은 공중으로 물을 길어 올렸습니다.

피테타이로스 벽 바르는 흙은 누가 운반했나?

사자 왜가리가 삼태기에 담아 날랐지요.

피테타이로스 하지만 삼태기엔 어떻게 담았나?

사자 네, 그게 또 희한한 묘안이었습죠. 거위들이 발을 삽으로 썼답니다. 넓적한 발로 벽토壁土를 퍼서 삼태기에 담은 겁니다.

피테타이로스 그렇지, '발을 가지고 못할 일이 무엇이냐.'[25]지.

사자 집오리들이 얼마나 열심히 벽돌을 날랐는지 아십니까? 그리고 제비들까지 부리에 벽돌을 하나씩 물고 모종삽을 애 업듯이 등에 업고 달려오더군요.

피테타이로스 이런다면야 누가 돈 주고 하인을 쓰겠나? 그런데 목공 일은 누가 했나?

사자 그것도 새지요. 아주 그럴듯한 목수랍니다. 펠리칸이 꼭 도끼를 쓰듯이 부리로 문짝을 다듬었지 뭡니까. 그 소리가 꼭 조선소 같더군요. 그래서 이제 성벽은 전부 튼튼히 완성되고, 빗장도 단단히 채우고, 보초도 빈틈없이 세워 놓았습니다. 딱따기를 치면서 야경을 돌고, 사방에 파수병이 서고, 탑에는 봉화도 불타고

153

있습지요. 그럼 전 잠깐 가서 몸을 씻고 오겠습니다. 나머지는 알아서 보살피십시오.

(사자 퇴장)

코로스장 (피테타이로스에게) 그래 어떻게 생각하오? 성벽이 너무 빨리 돼서 놀라시진 않으셨소?

피테타이로스 놀랐어, 여러 신을 걸고 얘기하지만. 놀랄 만도 하지. 믿을 수가 없는걸. 여기 또 다른 사자가 더 소식을 알리러 오는군. 투지만만한 모습이군그래!

사자 (달려오며) 아이고 아이고, 아이고 아이고!

피테타이로스 왜 그러나?

사자 큰일 났습니다. 제우스가 보낸 신이 방금 성문을 지나 낮 보초를 선 언치가 모르는 사이에 공중에 날아 들어왔습니다.

피테타이로스 이런 끔찍하고 흉악한 일이 있나, 대체 어떤 신이야?

사자 모르겠습니다. 그저 날개가 달린 것만은 압니다만.

피테타이로스 왜 즉시로 순찰병을 내보내지 않았나?

사자 삼만의 매로 편성된 활 쏘는 기병대를 파견했습니다. 또 황조롱이, 말똥가리, 독수리, 뿔올빼미 등 갈퀴 같은 발톱을 한 새들도 모두 나갔지요. 쌩쌩 나는 그 날개 소리로 하늘이 요란합니다. 그 신을 찾아다니고 있는 겁니다. 멀리 있지는 않을 테니까요. 내 눈이 틀림이 없다면 저기 저쪽에서 오고 있는 것 같은데요.

피테타이로스 전투 준비! 투석기와 활을 총동원해라. 모두 이리 나와 쏘고 쳐라! 누가 내게 투석기를 다오!

코로스 (노래)

전쟁이다

무서운 전쟁이 터졌구나

우리와 신 사이에!

나서라 모두

검은 구름을 떠도는

어둠의 아들, 하늘을 지켜라.

신이 너희 몰래

들어오지 못하게

막아라.

코로스장 사방팔방을 샅샅이 살펴봐! 가만! 하늘에서 내린 신의 재빠른 날개 소리가 들려오는데.

(이리스, 소녀의 모습으로 날며 등장)

피테타이로스 여보 여보, 여봇! 어딜 날아가는 거요, 어딜? 멎엇! 움직이지 마. 꼼짝 말고 섯! (이리스 선다.) 당신 누구요? 어디서 왔소? 말해 보오.

이리스 올림포스의 신전에서 왔소.

피테타이로스 당신 돛[26]인지 뭔지 몰라도 이름이 뭐요?

이리스 재빠른 이리스.

피테타이로스 파랄로스요, 아니면 살라미니아요?[27]

이리스 그게 무슨 소리지요?

피테타이로스 어이 말똥가리, 저 여자를 잡아라.

이리스 날 잡아? 왜 이렇게 무례하게 구는 거요?

피테타이로스 이제 두고 봐.

이리스 대체 난 알 수가 없어.

피테타이로스 어떤 문으로 성안에 들어왔어! 요 못된 것아!

이리스 어떤 문? 아이 참, 난 몰라요.

피테타이로스 저 계집이 우리를 조롱하는 소릴 모두 들었지? 언치, 부대의 대장 앞에 출두했어? 대답도 않는군. 황새의 도장이 찍힌 통행증이 있어?

이리스 내가 꿈을 꾸고 있는 걸까?

피테타이로스 증명이 있냐 말이야?

이리스 당신 미쳤나?

피테타이로스 어떤 새 대장이 통행증을 주지 않더냐 말이야?

이리스 내게 통행증을? 바보 같은 소리!

피테타이로스 그래 당신은 몰래 들어와서 당신의 소속도 아닌, 남의 하늘 나라를 마구 다닌단 말이오?

이리스 하지만, 신이 하늘 아니고 어딜 다니겠소?

피테타이로스 어이구 제우스여! 낸들 그걸 어찌 알겠소. 하지만 여긴 지나가면 안 돼요. 그래도 할 말이 있소? 법대로 한다면 마땅히 사형이야.

이리스 나는 불사不死의 몸이오.

피테타이로스 그래도 죽을걸. 한데 세상에 이럴 수가 있어! 아 아 니 그래, 온 우주가 우리 말에 복종하는데, 오직 신들만이 여전 히 거만을 부리고, 강한 우리들의 법규를 따라야 한다는 것도 모 르고 있단 말이야? 그런데 어디로 날아가던 중이오?

이리스 나요? 제우스 신의 사자로서 인간 세계로 가는 길이오. 양과 소를 제단에 바치고, 온 거리를 기름기가 지글지글 타는 구 수한 연기로 채우라고 이르러.

피테타이로스 어떤 신을 위해서 말이오?

이리스 어떤 신이라니? 우리 하늘의 신들 말이오.

피테타이로스 당신들이 신이라고?

이리스 그럼 다른 신도 있소?

피테타이로스 인간들은 이제 새를 신으로 섬기고 있소. 그래서 그들이 제사 지내는 건 새들이지 제우스가 아니란 말이오. 제우 스를 걸어서 얘기하지만.

이리스 무슨 바보 같은 소리. 무서운 제신의 화를 돋우지 마라. 정의의 여신이 제우스의 횃불로 너희 종족을 멸하리라. 번갯불이 리킴니오스를 태웠듯이, 너희 몸과 저택을 모두 태워 없애리라.

피테타이로스 여보! 호통은 그만 쳐요. 입을 다물고 내 말 좀 들 어요. 나를 대체 리디아 인으로 아오, 아니면 프리기아 인으로 아오? 큰소리쳐서 위협하려 들게. 이것 봐, 만일 제우스가 다시 날 귀찮게 굴면 내가 번개로 무장한 수리 부대의 선두에 나서서 그의 집이고, 암피온의 궁전이고 모조리 잿더미로 만들어 버릴 테요. 표범의 껍질을 입은 포르피리온 새 육백 마리를 하늘로 파견하겠소. 그 옛날엔 제우스가 포르피리온이란 인간 하나 가지고도 쩔쩔맸다고 하지 않소. 그리고 제우스의 심부름꾼, 당신 내 말을 거스르면 무르팍 사이로 파고들 테요. 내가 나이는 먹었어도 기운은 단단한 뱃머리의 세 곱은 넉넉히 된다니까.

이리스 너와 너의 그 야비한 말에 저주가 떨어질지어다!

피테타이로스 그래도 어서 나가지 못해? 날아가든지 각오를 하든지 해.

이리스 우리 아버지가 무례한 너에게 벌을 내리실 거다!

(이리스 퇴장)

피테타이로스 하! 그러지 말고 어디 딴 데로 가서 우리보다 젊은 친구들을 번갯불로 구워 주시지…….

코로스 (노래)

　제우스의 자손

　여러 신도 우리 나라는

　못 지나간다.

　인간이 바치는 제물의 연기도

　이쪽으로는 못 온다.

피테타이로스 그런데 인간들에게 보낸 전령이 안 돌아오는 게 이상해.

(전령, 금관을 쓰고 등장)

전령 오오, 신성하신 피테타이로스여, 현명하시고 저명하시고

친절하시고, 그지없이 행복하시고, 그리고……, 그리고…… 누
가 좀 말을 가르쳐 줘.

피테타이로스 할 말을 해봐!

전령 각국의 국민들이 모두 당신의 지혜를 우러러 찬양하고 이
금관을 보내 드린다고 합니다.

피테타이로스 내 받아 주지. 그런데 왜 나를 우러러 찬양한다든
가?

전령 공중에 이토록 빛나는 나라를 세우신 당신, 당신을 그들이
얼마나 존경하는지, 또 얼마나 많은 사람이 여기 와서 살고 싶어
하는지 모릅니다. 이 나라를 세우기 전까지는 너 나 할 것 없이
스파르타에 미쳐서 머리를 기르고 단식을 하고, 소크라테스 모
양 먼지투성이를 하고 단장을 짚고 다녔지요. 그런데 지금은 아
주 달라졌습니다. 첫째, 날이 밝기가 무섭게 모두 벌떡 일어나
이 나라에서 하듯이 먹을 걸 찾으러 나갑니다. 다음에는 게시판
으로 달려가서 거기 나붙은 포고를 집어삼킵니다. 어찌나 모두
새에 미쳤는지 새 이름을 성으로 삼은 이도 수두룩합니다. 절름
발이 장사꾼은 자기를 반시牛翅라고 부르는가 하면 메니포스는
제비, 오폰티오스는 애꾸눈 까치, 필로클레스는 종달이, 테오게
네스는 여우 거위, 리쿠르고스는 따오기, 카이레폰은 박쥐, 시라
코시오스는 집비둘기, 미디아스는 메추라기라고 불립니다. 미디
아스는 정말 머리를 한 대 얻어맞은 메추라기처럼 생겼지요. 새
를 사랑하는 나머지 그들은 제비니 검둥오리니 거위니 꿩이니

하는 노래를 노상 부르는데요, 가사에는 반드시 날개 아니면 하 다못해 깃털이란 말이 하나씩은 들어 있습니다. 지금 저 아래에 서는 이런 형편입니다. 그리고 마지막으로 말씀드립니다만, 지 금 지구에서 약 만 명의 사람들이 날개와 갈구리 발톱을 구하러 이리 오고 있는 중입니다. 그러니까 그 이민들을 위해서 날개를 준비하셔야지요.

피테타이로스 아이고 제우스여! 이러고 있을 때가 아니구나. (노예를 보고) 제꺽 가서 바구니고 광주리고 닥치는 대로 날개로 채 워라. 마네스는 그것들을 성벽 밖 내게로 가져오너라. 나를 보러 오는 사람들을 맞아야지.

코로스 (노래)

　밀치락달치락

　사람이 몰려든다.

　우리는 운수 대통

　그래서 사람들이 새 나라에 반했단다.

피테타이로스 (날개가 든 바구니를 가지고 들어오는 마네스를 보고) 어 서 빨리 이리 가져와.

코로스 (노래)

　탐나는 모든 것

　여기서 못 찾으랴.

　지혜도

　사랑도

아름다움도

상냥하고 정다운

평화도.

피테타이로스 (마네스, 또 하나의 바구니를 들고 등장) 이 게으름뱅이
야, 아, 빨리빨리 못해?

코로스 (노래)

날개 담은 바구닐랑

빨리빨리 가져오라.

게을러 빠진 저놈일랑

정신나게 펑펑

때려 줘라.

피테타이로스 마네스는 아주 겁쟁이야.

코로스 (노래)

가지런히 놓아라

세 갈래로 나누어라.

날개의 더미를

노래하는 새

점치는 새

물새

섬기는 새로 나누어

날개를 달아 줘라

그들의 성질 따라

날개를 나눠 줘라.

피테타이로스 (세 번째 바구니를 들고 들어오는 마네스를 보고) 아이고 황조롱이야! 이젠 못 참겠다. 이 게으름뱅이야. 게을러 빠진 녀석 같으니라고!

(마네스를 때린다. 그러자 마네스 도망친다. 불효자 등장)

불효자 (노래)

아아

하늘을 나는

수리가 되고파!

아아!

망망한 바다 푸른 물결 위를 날고파!

피테타이로스 하! 아까 들은 소식이 사실인 모양이군. 누가 날개 가 어떻고 하면서 오는데.

불효자 날아다니는 일보다 좋은 일이 어디 있어요. 난 새에 미 쳐서 이렇게 당신들과 살고 당신들의 법을 지키려고 날아왔습 니다.

피테타이로스 무슨 법 말인가? 새들도 여러 가지 법이 있어.

불효자 전부 말입니다. 하지만 내 맘에 드는 건, 새들은 아버지 를 쪼고 목을 졸라 죽이는 것도 훌륭한 일이라고 하는 바로 그겁 니다.

피테타이로스 그렇고말고. 우리 법에 따르면 병아리 때에 아버 지를 치는 놈은 용감한 놈이지.

불효자 그러니까 여기서 살고 싶단 말입니다. 난 아버지를 목 졸라 죽이고 그 재산을 물려받고 싶거든요.

피테타이로스 그러나 말이야. 황새의 법전에는 태곳적부터 이런 조문이 있어. '황새 어버이가 새끼를 키워 나는 법을 가르친 다음에는 새끼가 어버이를 부양할 의무가 있다.'

불효자 (화가 발끈 나서) 이 먼 길을 일부러 왔는데 겨우 아버지를 봉양해야 한다고!

피테타이로스 아니야, 젊은이. 자네가 자진해서 여기까지 왔으니 내 자네에게 상제 같은 검은 날개를 달아 주지. 또 덤으로 내가 어렸을 때 들은 좋은 충고의 말도 보태 주고. 아버지를 때리지 말고, 한 손에 이 날개를 들고 또 한 손에는 발톱을 들고 머리 위에는 볏이 얹혔다고 생각하고, 나가서 보초도 서고 싸움도 하게나. 봉급 받고 살아가며 아버질랑 공경해야지. 자넨 좋은 친구야, 그럼 됐지! 자 트라키아로 날아가서 싸우게.

불효자 바코스를 걸어서 옳은 말씀. 그렇게 하지요.

피테타이로스 아암, 그래야지.

(불효자 퇴장. 디시람보스 시인 키네시아스 등장)

키네시아스 (노래)

　가벼운 날개 타고

　올림포스를 향해

　날아가는 나.

　천 갈래의 시가詩歌의 길을

따라 날개 치는 나의 뮤즈…….

피테타이로스 아이고, 이 친구는 날개가 화물선으로 하나쯤 들겠군.

키네시아스 (노래)

…… 호기 호탕하여

새로운

삶을 구하노라.

피테타이로스 어서 오게. 참피나무 같은 키네시아스! 그런데 뭣하러 그 절룩발을 휘저으면서 여기까지 왔나?

키네시아스 (노래)

새가 되고자

노래 아름다운

꾀꼬리가 되고자.

피테타이로스 노래는 이제 그만 해 둬. 그래 소원이 뭔가?

키네시아스 내게 날개를 주면 저 높은 하늘로 올라가 구름과 안개와 폭신한 눈 속에서 새 노래를 얻어 오고 싶어서.

피테타이로스 구름 속에서 노래를 얻어 온다고?

키네시아스 요즈음 우리의 예술은 구름에게 달렸다네. 디시람보스식 송가의 묘미는 허공에서 날개 치며 오리무중에 싸여 있는데 있으니까. 그걸 감상하려거든 좀 들어 보게.

피테타이로스 아, 아니, 아니, 아니야.

키네시아스 헤라클레스를 걸어서 꼭 들려주지.

(노래를 시작한다.)

긴 목으로 바람을 에며

나는 새처럼

나 하늘 나라를

훨훨 날리……

피테타이로스 그만! 멀미가 난다!

키네시아스 ……바람의 입김 타고

망망 바다를 건널 때……

피테타이로스 제기랄, 그놈의 숨통을 꽉 막아 버릴까 보다.

(날개 한 쌍을 집어 들고 키네시아스의 입을 틀어막으려고 한다.)

키네시아스 (달아나면서)

때로는 남녘 나라

때로는 북녘 나라

허허 하늘을 가네.

여보게! 거 참 생각 잘 했는데!

피테타이로스 아니, 공기를 에며 날아가는 게 싫단 말인가?

키네시아스 사방팔방에서 서로 모셔 가지 못해 야단인 디시람보스 시인을 이렇게 대접하는 법도 있나?

피테타이로스 그럼 우리와 함께 있으면서 새의 코로스를 만들어 주겠나? 백로족인 레오트로피데스처럼 홀쭉이만 모인 코로스를 말이야.

키네시아스 날 놀리는 게로군. 그렇지만 공중을 나는 날개를 주지 않으면 두고두고 귀찮게 굴 테니 그리 알게.

(키네시아스 퇴장, 밀고자 등장)

밀고자 솜털 같은 날개를 달고 꼴이 말이 아닌 저 새들은 뭘까? 얼룩진 긴 날개의 제비야, 좀 가르쳐 다오.

피테타이로스 만만치 않은 침략이 시작되는 모양이군. 여기 또 한 놈이 흥얼거리면서 오는데.

밀고자 얼룩진 긴 날개의 제비야, 다시 한 번 와 다오.

피테타이로스 저 친구, 아마 자기 외투 이야기를 하고 있는 모양이지. 어서 빨리 제비가 돌아와야 되겠는걸.

밀고자 어디 계시오, 여기 오면 날개를 달아 준다는 양반은?

피테타이로스 나요. 하지만 무슨 목적에 날개가 필요한지 말해 보게.

밀고자 이유는 묻지 마시오. 날개가 필요해. 날개가 있어야겠다니까.

피테타이로스 펠레네[28]로 곧장 날아가려고?

밀고자 내가? 천만에, 난 섬의 소환인 즉 밀고자란 말이오.

피테타이로스 참 훌륭한 직업이군!

밀고자 소송거리의 산파역이지. 그러니까 이 나라 저 나라를 돌아다니며 법정에 끌고 나가기 위해서는 날개가 필요하단 말이오.

피테타이로스 날개가 있으면 그 일을 더 잘할 수 있다는 거지?

밀고자 아니오. 하지만 해적들을 무서워하지 않아도 되거든요. 학들과 함께 화물 대신 소송거리를 담뿍 실어 가지고 돌아오려고요.

피테타이로스 여보게, 앞길이 창창한 젊은 사람이 그래 남을 고발하는 걸 직업으로 삼고 있나?

밀고자 그것이 어떻다는 거요? 그렇다고 땅도 팔 줄 모르고.

피테타이로스 아이고 제우스! 그렇더라도 그 젊은 나이에 그렇게 창피한 꾀를 부리지 않아도 떳떳이 먹고 살 수 있는 길이 얼마든지 있지 않나?

밀고자 여보세요. 날개를 달랬지 누가 잔소리를 듣겠대요?

피테타이로스 내 잔소리가 날개를 돋치게 하는 거야.

밀고자 어떻게 잔소리로 날개가 돋쳐요?

피테타이로스 모두들 이렇게 펄펄 뛰지.

밀고자 어떻게요?

피테타이로스 자넨 이발소에서 아버지가 젊은이들을 보고 이야기 하는 것도 들어 보지 못했나? '디트레페스의 충고 때문에 그만 우리 아이는 날개가 돋쳐서 경마에 정신을 못 차리지 뭐야.' 하는 식으로, 또 어떤 이는 자식이 상상의 날개를 타고 비극을 향해 날아간다고도 하고 말이야.

밀고자 그런 식으로, 말로 날개가 돋치는군요?

피테타이로스 물론이지. 말이란 마음의 날개를 달아 주고 높이 날게 한단 말이야. 그러니까 내 잔소리가 자네에게 날개가 돋치게 해서 보다 나은 직업으로 옮겨 갔으면 좋겠네.

밀고자 하지만 난 싫어요.

피테타이로스 그럼 어떻게 하겠다는 거야?

밀고자 난 혈통을 배반하고 싶지 않아요. 우리 집안은 대대로 밀고를 생계 삼아 살아왔거든요. 그러니까 어서 빨리 가볍고 날쌘 황조롱이나 매의 날개를 달라니까요. 그래야지 섬 사람들을 법정에 소환해서 재판을 제기해 놓고 저쪽에 날아갈 수가 있지 않아요.

피테타이로스 알았네. 그렇게 해야 그 사람이 나타나기도 전에 재판을 끝낼 수가 있단 말이지?

밀고자 그렇지요.

피테타이로스 그리고 그 사람이 배 타고 오는 동안에 자넨 섬으로 날아가서 그의 재산을 먹어 버리잔 말인가?

밀고자 네, 꼭 들어맞았습니다. 팽이처럼 이리 돌고 저리 돌아야 한대두요.

피테타이로스 알겠네. 잠깐, 여기 코르키라제 날개가 있어. 이거면 어떻겠나?

밀고자 아이고 맙소사! 그건 회초리가 아니에요!

피테타이로스 아니 천만에. 날개야, 팽이를 돌게 하는.

밀고자 (피테타이로스에게 맞으면서) 아야, 아야!

피테타이로스 나가 꺼져. 이 개 같은 녀석! 남을 걸고 넘어가고, 거짓말을 하면 어떻게 되는지 보여 줄까? (밀고자 도망친다. 노예들에게) 자, 날개들을 걷어 가지고 들어가자.

(노예들, 날개 바구니를 가지고 퇴장)

코로스 (노래)

　하늘을 날며

　나는 여러 가지

　신기하고

　이상한 일들을 보았네.

　종자를 알 수 없는

　클레오니모스란 나무는

　쓸모도 없으면서

　덩치만 크고 겁쟁이라네.

　봄이면 고자질의 싹이 트고

　가을이면 방패를 낙엽 삼아 뿌리네.

　햇빛이 한 번도 비치지 못한

　머나먼 암흑의 나라

　사람들이 영웅들과 함께 지내며

　항상 한집에서 같이 산다네.

　하지만 저녁때만은 안 돼

　밤에 영웅 오레스테스를 만나면

　옷을 빼앗기고

　머리끝에서 발끝까지

　뭇매를 맞는다니까.

(프로메테우스, 얼굴을 가리기 위해 탈을 쓰고 등장)

프로메테우스　아아! 제발이지 제우스에게 들키지 말았으면! 피테타이로스는 어디 있을까?

피테타이로스 하, 이게 뭐야? 탈을 쓴 사람 아니야!

프로메테우스 내 뒤에 어디 신이 쫓아오지 않소?

피테타이로스 아니 아무도. 그런데 대체 누구시오?

프로메테우스 지금 시간은?

피테타이로스 정오가 좀 지났소. 그런데 누구시오?

프로메테우스 해가 질 무렵이오? 시간이 그렇게밖에 안 됐소?

피테타이로스 점점 괴상한데!

프로메테우스 제우스는 지금 뭘 하고 있소? 구름을 쫓고 있소, 아니면 모아들이고 있소?

피테타이로스 자기가 보면 될 게 아니오.

프로메테우스 그러지 맙시다. 내 탈을 벗지.

피테타이로스 아이고 프로메테우스 아니세요!

프로메테우스 쉬잇! 쉬잇! 작게 말해.

피테타이로스 왜 왜 그래요, 프로메테우스?

프로메테우스 쉬잇, 쉬잇! 내 이름을 부르지 마. 제우스가 내가 여기 있는 줄 알면 난 마지막이야. 저 위에서 일어나고 있는 소식이 듣고 싶거든 이 우산으로 날 가려 주게. 여러 신이 날 못 보도록.

피테타이로스 이 꾀는 프로메테우스식인걸. 그럼 빨리 이리 오쇼. 걱정 말고 이야기를 해보시오.

프로메테우스 들어 보게.

피테타이로스 듣고 있어요. 얘길 하세요.

프로메테우스 제우스는 끝장이야.

피테타이로스 네? 언제부터요?

프로메테우스 자네가 공중에 이 나라를 세운 때부터지. 지금 신에게 제사를 올리는 사람은 하나도 없단 말이야. 제물의 연기는 이제 우리에게까지 오지 않아. 제물이라곤 꼬투리도 구경 못한단 말이야. 그래 마치 데메테르의 제사 때처럼 우리 단식을 하고 있는 거야. 야만국의 신들은 굶어 죽게 돼서 일리리아 사람처럼 아우성이고, 시장이라도 열어서 희생물의 고깃점을 팔지 않으면 위로부터 제우스에게 공격 개시를 하겠다고 위협하고 있어.

피테타이로스 아니 그럼 올림포스보다 더 높은 곳에 사는 야만국의 신들이 또 따로 있단 말인가요?

프로메테우스 그야 있지. 없다면 엑세케스티데스의 보호신은 누가 되게?

피테타이로스 그 신들 이름은 뭐지요?

프로메테우스 그 신들 이름? 트리발로이지.

피테타이로스 아아 그렇군! 그 이름에서 에피트리베이에스[29]란 말이 나온 거로군요.

프로메테우스 그렇지, 그런데 한 가지 확실한 것은 제우스와 저 위의 트리발로이가 사절을 보내올 거란 말이야. 평화의 교섭을 하러. 그러니까 제우스가 새들에게 주권을 반환하고 바실레이아[30]를 자네 색시로 삼기 전에는 강화를 하면 안 된단 말이야.

피테타이로스 바실레이아가 누군데요?

프로메테우스 아주 근사한 처녀지. 제우스의 번갯불을 만들어주는. 그 밖에 지혜니 훌륭한 법률이니 미덕이니, 함대, 중상모략, 재판소의 출두금 지급관과 출두금 삼십 오볼로스, 뭐든지 그 처녀가 맡아 보고 있거든.

피테타이로스 네에. 그럼 신의 총지배인 격이군요?

프로메테우스 그렇지, 그래. 그 처녀를 제우스가 자네 색시로 주면 자넨 전지전능해진단 말이야. 그 말을 해주려고 내가 온 거야. 자네도 알다시피 나는 언제나 변함없는 호의를 인간에게 갖고 있으니까.

피테타이로스 그럼요. 우리가 끼니를 끓일 수 있는 것도 다 당신 덕인걸요.

프로메테우스 난 신을 미워하거든.

피테타이로스 네, 정말이지 당신은 언제나 신들을 싫어하셨지요.

프로메테우스 신을 싫어하기가 꼭 인간을 싫어한 티몬 같지. 그렇지만 빨리 돌아가야겠으니 그 우산을 좀 주게나. 그래야 제우스가 저 위에서 날 보더라도 성롱聖籠을 들고 가는 처녀를 호위하는 사람으로 알 테니까.

피테타이로스 잠깐 이 의자도 가져가시지.

(프로메테우스 퇴장. 피테타이로스, 숲 속으로 들어간다.)

코로스 (노래)

　스키아포데스의 나라 가까이

늪지가 있어

그곳에서 남루한 모습의

소크라테스가 혼을 부른다

하루는 페이산드로스가

생전에 잃어버린 혼을

만나고 싶어 찾아왔노라.

제물로 바칠 낙타의

목을 따

오디세우스를 본받아

뒤로 한발 물러섰을 때

저승으로부터

낙타의 피를 마시러

카이레폰의 박쥐가

날아들었다네.

(포세이돈, 헤라클레스와 트리발로스를 대동하고 급히 등장)

포세이돈 여기가 바로 우리가 사명을 띠고 찾아온 네펠로코키기아야. (트리발로스를 보고) 여보게, 뭘 하는 거야? 외투를 왼쪽 어깨에 걸치고, 어서 바른쪽으로 걸쳐. 한데 왜 그렇게 질질 끄는 거야. 라이스포디아스처럼 병든 정강이를 감추려는 건가? 아아, 민주주의여, 대체 우리를 어디로 몰고 갈 작정일까? 그래 사절이랍시고 이런 치들을 선출할 수가 있어? 자넨 아무렇지도 않아? 에에이! 야만인, 자넨 신들 중에서 제일가는 야만인이란 말이야. 여보 헤라클레스, 우리 어떻게 하지?

헤라클레스 벌써 말했지 않아요. 우리를 성벽 밖으로 몰아낸 그 놈의 목을 졸라매재도.

포세이돈 하지만 우린 평화의 사절이 아니야.

헤라클레스 그러니까 더욱 목을 졸라매고 싶은 거지.

(피테타이로스, 숲에서 나온다. 요리 도구를 가진 노예들이 뒤따른다. 노예 하나가 탁자 위에 굽기만 하면 될 통닭을 놓는다.)

피테타이로스 그 치즈 칼을 이리 줘. 그리고 설탕초도 가져와. 치즈는 날 주고 불을 봐.

헤라클레스 여보 인간! 안녕하오. 우리 셋은 신이오.

피테타이로스 잠깐 이 설탕초를 묻히고 나서…….

헤라클레스 이 고기는 무슨 고기요?

피테타이로스 민중의 친구들에게 대들어서 사형을 받은 새들이지요.

헤라클레스 그래 우리에게 대꾸하기 전에 이 고기에 양념을 바른단 말이오?

피테타이로스 (처음으로 일손을 멈추고 고개를 들며) 아아, 헤라클레스시군요? 어서 오십시오! 웬일이십니까?

포세이돈 제신이 평화를 교섭할 사절로 우리를 파견한 거요.

피테타이로스 (못 들은 체하며) 이 병에 기름이 떨어졌다.

헤라클레스 그렇지, 새고기는 기름을 듬뿍 발라야지.

포세이돈 우리도 당신네와 싸우고 싶지 않소. 당신네가 우리와 사이좋게 지내겠다면 저수지에는 항상 빗물이 끊이지 않고, 날씨도 아주 따뜻하게 해주겠소. 그런 점에 관해선 우리가 전권을 위임받고 있으니까.

피테타이로스 예나 지금이나 우린 침략자가 아니올시다. 지금도 여러분과 마찬가지로 평화를 맺을 용의가 있고요. 여러분이 한 가지 정당한 조건을 받아들여 주신다면, 다시 말해서 제우스가 주권을 새들에게 반환한다면 말입니다. 이 조건에 동의하신다면 여러분을 만찬에 초대하지요.

헤라클레스 난 그래도 좋겠소. 찬성이오.

포세이돈 이런 못난이! 자넨 멍텅구리 먹보란 말이야. 자기 아버지의 왕위를 뺏겠다는 거야?

피테타이로스 그건 착각입니다. 새들이 지구를 지배하면 제신은 훨씬 더 권위가 생기지요. 지금 인간들은 구름 밑에 가려 신의 눈을 피해 가며 여러분의 이름으로 거짓 서약을 하고 있지 않습니까. 하지만 새들과 손을 잡으시는 날엔 인간이 까치와 제우스를 걸어 맹세를 해 놓고, 그걸 지키지 않으면 까치가 몰래 내려가서 그놈의 눈알을 쪼아 대거든요.

포세이돈 아아, 포세이돈님을 걸어서 그럴듯한 생각인데.

헤라클레스 나도 그리 생각하네.

피테타이로스 (트리발로스에게) 그런데 당신은 어떻게 생각하시나요?

트리발로스 좋다니까.[31]

175

피테타이로스 이거 보세요. 이분도 좋다지 않습니까? 그런데 들어오십시오. 또 한 가지 우리가 해드릴 수 있는 일이 있습니다. 인간이 신에게 제물을 바치겠다고 맹세해 놓고도 신은 참을성이 있다나 하면서 자꾸 지연시키고 약속을 안 지킬 때는 그 노랑이 심보를 벌줄 수가 있단 말씀입니다.

포세이돈 그래! 어떻게?

피테타이로스 그가 돈을 세느라고 정신이 없을 때, 아니면 목욕을 하고 있을 때, 솔개가 슬쩍 돈이든 옷이든 양 두 마리 값어치만큼을 채뜨려 신께 가져가거든요.

헤라클레스 주권을 반환하는데 찬성이오?

포세이돈 트리발로스에게 물어보오.

헤라클레스 여보 트리발로스, 채찍 맛 좀 보겠소?

트리발로스 몽둥이찜질³²⁾ 해 보오.

헤라클레스 '좋겠다' 는군.

포세이돈 둘 다 그런 생각이라면 나도 찬성이오.

헤라클레스 좋소! 주권 문제를 승인하겠소.

피테타이로스 아 참, 하마터면 또 한 가지 조건을 잊어버릴 뻔했군. 저, 헤라는 제우스에게 맡겨 두겠지만 바실레이아는 내 색시로 주셔야겠습니다.

포세이돈 그렇담 평화가 싫은 모양이군. 우린 갑시다.

피테타이로스 좋도록 하세요, 난 괜찮으니까. 어이 요리사, 고깃국물을 잘 보게.

헤라클레스 포세이돈이란 친구, 참 괴짤세! 어이, 가는 거요? 여자 하나 때문에 전쟁을 할 참인가?

포세이돈 딴 도리가 있어?

헤라클레스 딴 도리? 평화 협정을 맺는 거지.

포세이돈 아이고 이 돌대가리야! 그렇게 속아 넘어가기가 좋아? 자낸 자기 파멸을 자청하고 있는 거야. 제우스가 새들에게 왕위를 양도한 다음에 죽는다면 자낸 망하는 거야. 제우스가 남기고 갈 재산은 고스란히 자네가 물려받을 몫일 테니까.

피테타이로스 원 천만의 말씀! 그렇게 사람을 꾀는 수가 있습니까? 이거 보세요. 당신과 할 이야기가 있어요. 당신 아저씨가요, 당신을 속이고 있는 겁니다. 법률상 당신에게는 아버지의 재산이 한 푼도 못 가게 되어 있습니다. 당신은 적자가 아니라 서자니까요.

헤라클레스 내가 서자라고? 무슨 소리요?

피테타이로스 그렇지 않아요? 당신은 이방 여신의 몸에서 태어나지 않았느냐 말입니다. 또 제우스의 유일한 상속자는 아테나로 인정되어 있지 않은가요? 만일 적자로서의 남자 형제가 있다면 딸이 상속자가 될 수는 없지 않습니까?

헤라클레스 그렇지만 내가 서자라도 아버지가 임종의 자리에서 내게 재산을 주겠다면?

피테타이로스 그건 법이 금하고 있습니다. 게다가 여기 이 포세이돈이 제우스의 직계 동생이기 때문에 누구보다 먼저 상속할

177

권리가 있지요. 솔론의 법률은 이렇게 돼 있거든요. '적자가 있을 경우 서자는 유산을 상속하지 못하며 적출자가 없을 경우 유산은 가장 가까운 친척에게로 감.'

헤라클레스 그럼 난 아버지의 재산을 한 푼도 못 받는단 말인가?

피테타이로스 한 푼도 못 받고말고요. 그런데 아버지께서 여태까지 당신을 씨족회에 데리고 가신 일이 있던가요?

헤라클레스 아니, 그래서 나도 벌써부터 이상하다고 생각했었지.

피테타이로스 왜 하늘을 보고 주먹을 휘두르세요? 싸우려고요? 우리 편에 들어오시면 우리가 당신을 왕으로 모시고 새 젖과 꿀로 봉양해 드리지요.

헤라클레스 그 조건 괜찮게 생각되는군. 그 색시를 주는 데 찬성이다.

포세이돈 하지만 난 반대요.

피테타이로스 그럼 만사는 트리발로스에게 걸렸군.

  (트리발로스에게) 어떻게 생각하시오?

트리발로스 새 주라, 예쁜 여자 주라.

헤라클레스 주라지 않아.

포세이돈 아니야 그런 소리 하지 않았어. 했다면 걸음걸이도 모르는 제비처럼 뚱딴지 같은 놈이야.

피테타이로스 그럴 테지요. 하지만 그 여자를 제비에게 주라고 하지 않아요?

포세이돈 (체념한 듯이) 좋아. 둘이서 적당히 정하게. 소원대로 평화 협정을 맺든지 말든지 해. 난 입을 다물 테니까.

헤라클레스 자네들의 요구는 모두 들어주지. 그러니까 바실레이아와 하늘의 통치권을 인수하러 우리하고 저 위로 갑시다.

피테타이로스 벌써 이렇게 새고기를 마련해 놓았으니 결혼 피로연에도 안성맞춤이지요.

헤라클레스 자네 가 보게. 난 여기서 이걸 굽게.

피테타이로스 고길 굽는다고요? 너무 욕심 부리지 마세요. 우리와 같이 가십시다.

헤라클레스 제기 실컷 먹을걸!

피테타이로스 누가 내 결혼식에 차려 입을 옷을 가져오너라.

(옷을 가져온다. 피테타이로스와 세 신 퇴장)

코로스 (노래)

　클렙시드라의 샘가

　파나이에

　욕심쟁이들이 살았도다.

　체면도 경우도 없어

　혓바닥 하나로

　씨 뿌리고 추수하며

　포도니 무화과를

　거두어들이네.

　야만의 무리 그들 중에는

　필리포스 고르기아스도 있다든가.

아티카에서 제사 때 제물의

혀를 자르는 풍습은

욕심쟁이 필리포스가

시작한 법이라네.

(사자 등장)

사자 (비극조로) 오오, 형언할 수 없이 행복하고 축복을 받은 하늘의 새들이여, 복된 집에 그대들 군왕을 맞으시오. 대지를 밝히는 별보다 찬란한 모습의 그분이 지금 황금빛에 빛나는 궁전을 향해 옵니다. 그 눈부신 광채는 태양도 무색합니다. 사람의 입으로는 형용할 수 없이 아름다운 왕비와 나란히 선 그분은 제우스의 번개 화살을 손에 잡고 계시지요. 그지없이 그윽한 향기가 천공의 나라에 넘쳐흐르고 뭉게뭉게 피어오르는 향 구름이 미풍의 입김에 나부껴 올라가는 모양도 장려壯麗합니다. 그분이 오시는군요. 뮤즈 신이여! 행운을 예고하는 노래를 부르소서.

(피테타이로스는 왕관을 쓰고 바실레이아를 동반하고 등장)

코로스 (노래)

뒤로, 외로, 바로, 앞으롯!

운명의 여신의 축복을

한 몸에 받은

그를 둘러 날아라

아아 더할 나위 없는

품위와 아름다움이어.

우리 나라의 경사

꽃다운 혼례여

이분께 영광이 있을지어다.

오늘의 행복

그의 덕이니

결혼의 축가 소리 높이

그와 바실레이아를 맞아라!

그 옛날 지고의 왕좌에서

여러 신을 다스린 왕이

올림포스의 헤라와

인연을 맺은 것도

이같이 장려한 향연의 자리

오오, 히메나이오스, 결혼의 신이여!

황금의 날개 빛내며

홍안의 에로스, 마차를 달려

제우스와 헤라의

복된 결혼을 주관했다네

아아 히메나이오스, 결혼의 신이여!

피테타이로스 노래도 좋고 가사도 훌륭하군. 이제 대지를 뒤흔
드는 천둥, 제우스의 불을 뿜는 번개, 그리고 무서운 섬광을 발
하는 벼락을 찬양하는 노래를 불러 보오.

코로스 (노래)

아아 금빛의 번갯불이여!
제우스가 겨누어 쏘는
불꽃의 화살이여!
비를 내리고
땅을 뒤흔드는 천둥이여!
이제부터는
우리 왕의 분부 따라
대지를 요동시키리.
히메나이오스가 도우사
우리의 왕 우주를 지배하고
바실레이아, 제우스를 떠나
저기 왕 곁에 자리하노라.
오오, 히메나이오스 결혼의 신이여.

피테타이로스 (노래)

날개 가진 우리 형제 동포여
갑시다 제우스의 궁전으로
신혼의 잠자리로.
꽃다운 아내여
손을 주시오!
이 날개 마주 잡고
춤을 춥시다.
나 그대를 안아

하늘 높이 날리라.

(피테타이로스와 바실레이아 춤추며 퇴장. 코로스도 뒤따라 퇴장)

코로스 (노래)

알랄라이! 이에 파이온!

그대 지고한 신이여!

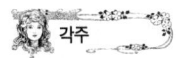
각주

1) 도금양 | 도금양은 제사에 뺄 수 없는 도구의 하나였다. 또 나라를 세울 때에는 반드시 제신
   께 희생물을 바치고 제사를 올렸다.
2) 올림포스의~하셨군요. | 엄청난 행운이나 불행은 적어도 열두 신의 호의나 악의에 달렸다
   고 믿어졌다. 여기서는 오디새의 모습이 하도 흉해서 한 말이다.
3) 공작 | '샌가요 아니면 사람인가요?' 라고 슬쩍 익살을 부린 것.
4) 훌륭한 군함 | 아테네는 당시 강력한 해군을 자랑하고 있었다.
5) 스켈리아스의 아들 | 아리스토크라테스를 말함. 후과두파(後裏頭派)의 영수.
6) 멜란티오스 | 아리스토파네스가 싫어한 비극 시인. 나병 환자였다고 한다. 앞서 나온 레프
   레움이란 고장 이름은 나병을 연상시키기 때문에 한 말이다.
7) 메디아 새 | 이 장면에는 스물여덟 종류의 새가 나오며 하나하나가 모두 인간성의 일면을
   나타내는 것으로 보이나 그것을 일일이 따지기보다는 중심되는 주제를 따라 그대로 지나가
   는 편이 오히려 극의 재미를 손상시키지 않을 수 있을 것이다.
8) 왕복 경주 | 갑옷을 입고 경주장을 왕복 경주하는 시합이 있었다.
9) 올빼미 | 아테네의 아크로폴리스에는 올빼미가 많이 모여들어 피해가 많았다. 따라서 '올빼
   미를 아테네에 데리고 온다.' 함은 '쓸데없는 짓을 한다.' 는 뜻이 된다.
10) 포포포포포 | '포포포포포' 는 그리스 어의 'pup' 즉 '어디?' 라는 말과 음이 같다.
11) 화관과~물 | 향연의 자리에서 사람들은 화관을 머리에 쓰고 손을 씻었다. 그러므로 여기
    서 피테타이로스가 하는 말은 이제부터 좋은 일이 있다는 뜻으로 해석할 수 있다.
12) 케팔레 | 아티카의 한 부락명, 그리스 어로 '머리' 란 뜻의 말과 같은 발음.
13) 그리스의 지배자이자 왕 | 솔개는 봄을 알리는 새라 하여 그리스 인들은 경의를 표하는 풍
    습이 있었다고 한다.
14) '뻐꾹뻐꾹 들로 나가라 대머리들아!' | 이 속담의 뜻이나 근원은 분명치 않다. 다만 음탕한
    뜻을 곁들인 말로 생각되며 '뻐꾸기가 우니 애인과 잠자리에만 있지 말고 들로 나오라.' 는

의미로 해석된다.

15) 알크메네니 알로페니 세멜레 | 알크메네는 제우스에 의해 헤라클레스를 잉태했다. 알로페 는 포세이돈의 아들 히포톤을 낳고 세멜레는 디오니소스를 낳았다.

16) 데메테르 | 곡식 추수의 여신. 당시 아테네의 선동 정치가들이 인기를 얻기 위해 빈민에게 식량을 주겠다는 약속을 하고 지키지 않은 것을 야유한 것이다.

17) 프로디코스 | 케오스의 소피스트. 그의 우주 생성설을 가리켜서 한 말이다.

18) 새점 | 그리스 어로 Ornis(새)는 점이란 뜻도 되는데 이것은 새의 행동을 보고 점을 친 풍 습에서 유래한 말이다.

19) 에스파르토 마(麻) | 아프리카나 스페인산의 마(麻). 아테네와 전쟁 중인 스파르타의 이름 을 연상시키기 위해 사용한 말.

20) 네펠로코키기아(Nephelococcygia) | '구름'이라는 'nephele'와 '뻐꾹새'라는 'kokkyx' 가 합쳐서 된 이름. '구름 위의 뻐꾹새'라는 도시 이름을 암시.

21) 피리 받침 | 피리장이가 까치로 분장하고 나오는데, 포르베이아(Phorbeia)라고 하는 피리 불 때 쓰는 가죽제 피리 받침을 입에 물고 나온다.

22) 투표 항아리 | 감찰관은 투표 항아리를 가지고 네펠로코키기아에 민주주의를 선전하러 온 것이다.

23) 스트로티아의 필로크라테스 | 스트로티아(struthia)는 참새들의 도시(sparrowia)라는 뜻이 며 필로크라테스는 친 크라테스를 의미하는데, 크라테스(Crates)는 아리스토파네스보다 초 기에 속하는 희극 시인으로 여기서 아리스토파네스는 크라테스를 끌어들여 비꼬고 있다.

24) 독수리 | 그리스 어로 'aetos'는 '독수리'와 '지붕'의 두 가지 뜻이 있다.

25) '발을~무엇이냐.' | '손을 가지고 못할 일이 무엇이냐.'는 속담을 고쳐 말한 것.

26) 돛 | 이리스는 무대에서 의상을 배의 돛처럼 펼치며 날아다니므로 그걸 보고 하는 말.

27) 파랄로스요, 아니면 살라미니아요? | 파랄로스, 살라미니아 모두 당시의 쾌속함.

28) 펠레네 | 아테네와 전쟁 중인 스파르타의 동맹시였던 아카이아의 도시. '펠레네로 날아가 려느냐.'는 '적국으로 도망가려 하지 않느냐.'는 뜻.

29) 에피트리베이에스 | 여기서는 'epitribe'와 'triballus'가 합쳐져서 결말로 사용된 것인데 번역하자면 '다 틀려 버렸다.'는 뜻.

30) 바실레이아 | 고대 작가들은 바실레이아가 제우스의 딸, 아니면 누이동생이라고 생각했으 나 여기서는 단순히 추상적인 통치의 관념을 신격화한 것.

31) 좋다니까. | 트리발로스의 말은 무슨 뜻인지 알 수 없으나 피테타이로스는 자기에게 편리 하게 해석하고 있다.

32) 몽둥이찜질 | 의미는 분명하지 않고 헤라클레스의 협박에 대항하는 듯이 생각되는 말이다.

✿. 최고의 희극 작가 아리스토파네스

아리스토파네스(Aristophanes, 기원전 445년경~388?년)는 아테네 최고의 희극 작가이다. 그가 태어난 고장은 아테네 키다테나이 (Kydathenai) 구에 속했고, 부모는 필리포스(Philippos)와 제노도라(Zenodora)였다.

기원전 427년에 처녀작 「잔치의 손님들」을 상연하여 소피스트 식 신교육을 공격하고, 이듬해 「바빌로니아 인」이란 작품에서 당시의 권력자 클레온(Cleon)을 통렬히 야유해서 혹독한 보복을 당하기도 했다. 그 후 해마다 작품을 발표하여 모두 44편인데, 그 중 「아카르나이 사람들」(기원전 425년), 「기사」(기원전 424년), 「구름」(기원전 423년), 「벌」(기원전 432년), 「평화」(기원전 421년), 「새」(기원전 414년), 「리시스트라테」(기원전 411년), 「여인들만의 축제」(기원전 411년), 「개구리」(기원전 405년), 「여인 의회」(기원전 391년), 「복신福神」(기원전 388년) 11편이 현존하며, 몇몇 작품은 부분적으로만 전해지고 있다.

아리스토파네스의 희극은 현존 작품으로 보아 기원전 400년

이전의 것은 모두 당시의 정치·문화·교육 등의 시사 문제를 다루고 있다. 예를 들어 「구름」은 신식 교육을 공격하면서 철학자 소크라테스를 야유했고, 「벌」에서는 데마고그(선동 정치가)의 손에 조종을 당하면서 보잘것없는 권력에 취해 있는 배심원들을 통렬히 꾸짖었고, 「새」에서는 세상에 정이 떨어진 아테네 인으로 하여금 새의 나라를 세우게 했는가 하면, 「리시스트라테」에서는 여성의 성적 스트라이크라는 기상천외의 방법을 통해 평화의 염원을 그렸다. 또 「여인들만의 축제」, 「개구리」는 에우리피데스에 대한 풍자와 익살이 섞인 문학 비평이기도 하다. 다시 말해서 그의 작품을 포함한 아티카의 고古희극은 항상 특수한 현실적 상황을 그 배경으로 하고 있다. 어떤 극이건 상연될 당시에 있었던 여러 가지 뜬소문이나 시사 문제를 다루고 있고, 개인에 대한 조롱과 꾸짖음이 여러 곳에 보인다. 따라서 이 시대의 고희극은 당대의 사회 정세를 잘 알지 못하면 이해하기가 어렵다. 그리스의 도시 국가는, 국가라고는 하지만, 현대의 개념에 비하면 훨씬 규모가 작고 수만에 불과한 시민과 대부분이 산으로 둘러싸인 협소한 땅을 가진 정도였다. 따라서 시민들은 서로의 혈통·재산·성격과 버릇까지 소상히 알고 있어서, 일종의 상호 감시 비슷한 상황에서 생활하고 있었다. 시민은 국가의 주권자인 동시에 방위와 운영의 의무가 있어 전체주의적 강제가 상당히 심했을 것으로 추측된다.

고희극의 언어는 속어俗語와 시어詩語의 혼합이다. 곁말 재담이 여기저기에 나오고, 이따금 음담도 거리낌 없이 등장한다. 그

질로 보아 아주 조잡한 것에서부터 미묘한 내용을 교묘히 배합한 것에 이르기까지 여러 가지가 있다. 또한 고희극 작가는 신조어, 그리고 터무니없이 기다랗고, 현학적인 복합어를 곧잘 창작해 웃음을 자아내곤 했다.

이와 같이 사회적·문화적·정치적 배경과 밀접한 관계가 있는 아리스토파네스의 작품은 고대부터 지금에 이르기까지 많은 연구의 대상이 되었다. 그의 작품을 이해하기 위해서는 이들 연구서에 의한 주석의 도움이 필요하다. 비극보다도 더 많은 주註가 그의 작품에 소요되는 것은 이러한 까닭이다. 당시의 관객들이 내포된 의미를 빠짐없이 다 알아들었다고는 하기 어려우나, 가까운 생활 주변에서 일어난 일들의 언급은 역시 그들에게 특수한 효과를 가졌을 것이다.

아리스토파네스는 작품상으로 보면 정치적·도덕적으로 항상 보수적이어서 마라톤의 용사를 추모하고, 소크라테스를 이해하지 못하였으며, 소피스트나 에우리피데스의 진보주의에 반대하는 듯이 보인다. 그러나 풍자가로서 시류를 반대하는 입장에 서지 않을 수 없었던 점을 참작한다면 그의 작품이 말하는 바와 그의 사상 내용을 동일시하는 것은 위험하다. 그는 강력한 해학과 도착적倒錯的 풍자의 시인이며, 남성적인 양식의 세계를 마음껏 비웃고 있다. 그가 태어난 시대는 도의나 체면의 구애를 몰랐다. 그래서 그의 말은 단도직입적이고, 욕을 할 때에도 숨김이 없고, 외설적인 이야기를 할 때에도 거리낌이 없다.

그러나 그의 웃음 밑바닥에는 때때로 극심한 분노나 절망이 숨어 있기도 하고, 호탕한 웃음 속에 정감 넘치는 노래가 있기도 하다. 때로 그것은 전원적인 분위기를 펼치면서 그의 작품을 장식해 준다.

그는 체질적으로 따뜻한 마음을 가진 사람이었다. 많은 시민을 돌아가며 비판의 대상으로 삼기는 하였으나 대부분은 넉살 좋은 우스개였다. 에우리피데스의 신식 비극을 공격하면서도 그의 문장의 아름다움을 인정할 줄 알았고, 때로는 그의 문체를 모방하기도 했다. 소크라테스를 극 중에 등장시켜 골탕을 먹이기는 했지만 작가의 음산한 증오는 느낄 수가 없다. 그가 미워하는 것이 있었다면 전쟁이었고, 전쟁을 이용하여 사리를 채우는 클레온 같은 인간이었을 것이다.

해학과 풍자는 인간에 대한 동정을 뒤집은 표현임을 우리는 아리스토파네스의 경우에서 볼 수 있다.

나영균

🎴 작품 해설

「구름」

시골 신사 스트레프시아데스는 경마競馬에 빠져 돈을 낭비하는 아들 페이디피데스 때문에 엄청나게 빚을 짊어지고 고민한다.

뜬눈으로 밤을 새우며 고민한 끝에 소피스트의 대가 소크라테스의 제자가 될 결심을 한다. 그는 돈만 주면 옳건 그르건 입씨름으로 상대방을 이길 수 있는 기술을 배움으로써 재판정에서 돈을 빌려 준 사람들을 이론으로 누르고 돈을 갚지 않을 속셈인 것이다. 그러나 그는 기억력이 좋지 못해 제대로 배울 수가 없다. 그래서 싫다는 아들을 강제로 소크라테스의 제자로 보낸다. 그는 정론正論, 사론邪論 중에서 그릇되고 열등한 이론이면서도 정당하고 우월한 상대방 이론을 꺾을 수 있는 사론을 터득하고 나온다. 아들 덕택에 스트레프시아데스는 빚쟁이들을 혼내어 쫓아보낸다. 그는 아들이 그지없이 자랑스럽다. 그러나 술을 마시다 아들에게 얻어맞는다. 그는 아들을 나무라나 사론으로 무장한 그를 이론으로 꺾을 수 없다. '당신도 내가 어렸을 때 때리지 않았느냐?', '그건 너를 위한 것이었다.', '나도 아버님을 위해 때린다.' 분통이 터진 스트레프시아데스는 소크라테스의 학원에 불을 지른다. 이러한 테마로 아리스토파네스는 궤변을 비난하고, 입만 발달하면 조상 전래의 미덕을 잃게 된다는 것을 풍자하고 있다.

 그러나 이 작품을 대할 때 우리가 유의해야 할 것은 아리스토파네스 대 소크라테스의 문제이다. 우선 소크라테스에게 주어진 중요한 속성이 소피스트라는 것이다. 아리스토파네스가 생각하는 소피스트란 선악, 우열, 진위의 양론이 존재하는 것을 전제로 하고, 열등한 사론을 이기게 한다는 것이다. 그러나 이러한 소크라테스에 대한 아리스토파네스의 공격이 거의 모든 점에서 사실과 다르다고 하지 않을 수 없다. 플라톤에 따르면 소크라테스의 목적이 진리를 추구하고, 사물의 절대 가치를 인식하는 데 있었다는 것은 분명하다. 다만 그가 사용한 진리에의 도달 방법이 소피스트의 그것과 비슷했으며, 그의 인습에 구속되지 않는 자유로운 토의는 이 작품에서 풍자되고 있는 정론, 사론의 토의와 비슷한 점이 있었는지 모른다.

이 작품에 그려진 소크라테스의 풍모에는 많은 유사점이 있었던 모양이지만, 이 철인에 주어진 사고방식이나 주장은 플라톤과 크세노폰을 통해 전해진 것과는 정반대라고 해도 과언이 아니다. 그러나 우리는 성자와 같이 그려진 이상형의 소크라테스와 대조적인 이 작품의 소크라테스 속에서 그의 또 하나의 일면을 표현하는 희화戲畵를 볼 수 있는 것이 아닐까.

이 작품은 기원전 423년에 상연되어 삼등, 그러니까 맨 꼴찌를 차지했다. 현존하는 이 작품은 이러한 실패에 자극을 받아 개작한 것으로 알려져 있다.

김정옥

「새」

「새(Ornithes)」는 기원전 414년의 디오니소스 제례 때 상연되었으며, 코로스가 스물네 마리의 새로 구성된 점을 빼고는 전형적인 아티카의 고희극이라고 할 수 있다. 고희극의 가장 두드러진 특징은 정치 풍자이며, 이 작품에도 물론 정계 인물에 대한 비판이나 아테네 시민의 나쁜 풍습에 대한 비난을 곳곳에서 볼 수 있으나, 다른 작품에 비하면 무척 온건한 편이다.

아테네는 당시 펠로폰네소스 전쟁을 하다가 기원전 421년에 일단 니키아스 평화 조약을 맺어 일시적이나마 수년간의 휴전 평화 상태를 유지하고 있었다. 그러나 유능한 지도자 페리클레스는 이미 세상을 떠난 뒤였으며, 데마고그(선동 정치가)들이 감언이설로 민중을 현혹 조종하여 사리를 채우려 드는 한편, 알키비아데스는 과대한 야망으로 아테네 시민을 설득시켜, 기원전 415년에 시칠리아 원정의 대함대를 편성 파견하였다. 이것은 문자 그대로 국가의 흥망을 건 거사였으나 불행히도 참패로 돌아가자, 국내에서는 그를 독재자로 몰아 귀환을 명령하려는 움직임이 있었다. 그는 귀환 도중에 탈출하여 적국 스파르타로 도망갔다. 말하자면 당시의 아테네는 번영이라는 가면 뒤에 무한의 불안을 안고 있었던 것이다. 안일만을 구하고 전체적인 책임감을 상실한 인간이, 새의 왕을 찾아가 공중에 새의 나라를 세워 천상천하를 호령하려 드는 것은 아테네 시민에 대한 통렬한 풍자이다. 이 풍자는 환상적인 구상과 교묘한 분장과 아름다운 시정詩情에 의해 완화되어 있기는 하나, 그러한 작가의 의도는 뚜렷하다.

언뜻 보기에 황당무계한 줄거리를 끌고 나가면서 작가는 당시 아테네 일반 시민들의 폐습弊習을 여지없이 풍자하고 있다.

외모만의 종교가宗敎家, 돈에 팔려 육십 노부모를 몰라보는 불효자, 머릿속이 텅 빈 학자, 이치를 망각하고 법을 농락하는 재판광裁判狂들을 새의 왕국으로 하여금 단연코 거부하게 함으로써 작가는 분노와 번민, 그리고 나라를 걱정하는 마음을 표현하였다.

아리스토파네스는 작품 「새」를 통해 아테네 시민들에게 경고와 훈계를 하는 한편, 불안에 싸인 그들을 기발한 공상과 아름다운 환상으로 위로하려고 한 것이나, 그러한 선의와 노력의 보람도 없이 펠로폰네소스 전쟁은 아테네의 패배로 끝나고, 나라는 내리막길을 걷게 되었다. 아테네의 주체적인 정치 생명은 기원전 5세기 말에 끝났다고 말해도 과언이 아니며, 정치성을 특징으로 삼는 고희극도 동시에 종말을 고하게 되었다.

아리스토파네스의 작품이 이후로는 빛을 잃어 간 것도 이런 사정에 따른 것이다.

나영균

메난드로스 편

사모스의 여인

사모스의 여인
The girl from Samos

김갑순 옮김

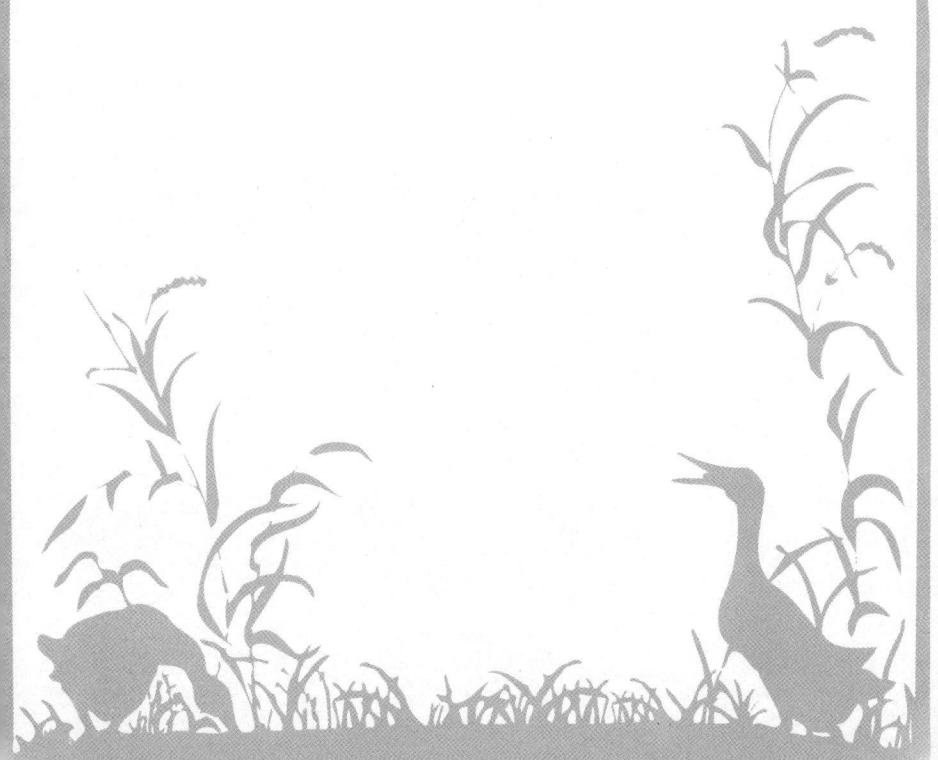

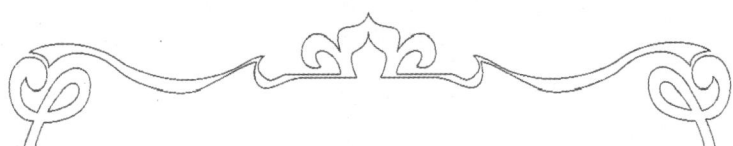

등장인물

데메아스   아테네의 시민
파르메논   그의 노예
크리시스   사모스의 소녀
니케라토스
모스키온   데메아스의 양자
주방장

장소

데메아스의 집 앞. 데메아스, 집에서 살금살금 나온다. 어떤 근심
이 있는 듯하다. 드디어 그의 사정을 관중들에게 이야기한다.

데메아스 결혼 준비를 위해서 집에 들어갔죠. 나는 집안 식구들에게 내 형편을 이야기해 주고 필요한 준비를 하고 있었습니다. 집을 치우게 하고, 떡을 만들게 하고, 잔치를 질서 있게 하려고 했습니다. 또 모든 일이 아주 착착 진행이 되었답니다. 그래도 너무 급하게 하니까 다소 혼란이 있은 것도 사실이고요. 긴 의자 위에다가 어린애를 집어던지니까 어린애는 울어 대고, 한편에서는 '밀가루를 좀 줘요. 물 좀 주고, 기름 좀 줘요. 숯도 좀 주고요.' 하고 여기저기서들 소리를 지르기도 했습니다. 그래서 나는 닥치는 대로 이것도 집어 주고 저것도 집어 주고 했죠. 그건 내가 어떻게 하다가 광에 들어가서 이것저것 정리를 했기 때문이죠. 그럭저럭 하다 보니까 빠져나오지를 못했죠.

그러자 얼마 안 있어서 광문 앞방 위에 있는 마루에서부터 그 방으로 한 여자가 들어오질 않겠습니까. 거긴 베 짜는 방으로, 그 방을 통해야만 위층에도 갈 수 있고 광으로도 들어올 수 있게 되어 있거든요. 그 여자는 다름 아닌 나의 노예였다가 해방이 된 모스키온의 늙은 유모였습니다. 그래서 그녀는 어린애를 보자 내가 그 광 속에 있는 줄 모르고, 즉 아무도 없는 줄 알고 맘대로 지껄이더란 말입니다. 제 할 말을 다하고는 계속해서 하는 말이 '아가! 우리 귀한 아기야! 엄마는 어디 있지?' 그녀는 어린것에 게 입 맞추더니 안고는 왔다 갔다 하니까, 어린것이 울음을 그치 더군요. 그러니까 그녀가 탄식하기를 '며칠 전만 해도 모스키온 이 어린애 같아서 내가 안아 주고 얼러 줬더니 그 애의 어린애가 벌써 나와서 또 누군가가 봐 주어야만 하다니! 그리고……

[약 3행 빠짐]

이 애기가 아버지가 되는 걸 보아야겠지.' 그때 바로 여종 아이 가 뛰어 들어오니까, 늙은 유모가 이렇게 말하더군요. '어린애를 목욕이나 좀 시켜라. 어린애 아빠가 장가를 가면 어린애는 안 봐 주어도 된단 말이냐?' 그러니까 여종 아이가 얼른 받아서 대답 하는 말이 '가만있어요. 왜 이렇게 큰 소리로 떠들죠? 영감마님 이 저 속에 계시단 말이에요?', '뭐 어디 계신단 말이냐?', '광 속에요.' 그리고 나서 그녀는 큰 소리로 '유모! 마님이 부르세요. 어서 가 보세요. 다행히도 영감마님은 못 들으셨어요.' 늙은 유 모는 '맙소사! 난 그것도 모르고 함부로 지껄였으니 어쩌지!' 하 고 말하면서 나가 버렸단 말입니다.

　좀 있다가 나는 꾸물꾸물 아무 말 없이 아무도 모르게 광을 빠 져나왔죠. 마치 아무 말도 듣지 않은 것같이 이렇게 여러분 앞에 나타난 거랍니다. 그런데 나는 여기로 나오는 길에 그 어린애는 사모스에서 온 소녀가 낳고, 젖 먹여 기르던 아이라는 것도 알게 되었지요. 그러니까 그 애가 그 사모스에서 온 여자의 아기라는 것은 분명하지요. 그러나 그 아이의 아비가 누군지는 모르는 일이고, 내 아들의 아이라는 것도 ……. 그러나 여러분! 그 이야기를 제 입으로 하고 싶지는 않습니다. 생각조차도 하고 싶지 않습니다. 나는 다만 이 사건에 대해서 사실을 들은 대로 보고할 뿐 누구를 원망도 질책도 하는 것은 아닙니다. 이거 한 가지는 제가 신을 두고 맹세할 수 있지요. 즉 내 아들은 항상 얌전했고 책임을 절대로 수행하는 아이라는 것을 말입니다. 그런데 또 한편으로 생각해 볼 때 좀 이상한 것이, 첫째로는 유모 늙은이가 이 이야기를 털어놓았다는 점, 둘째로는 내가 듣는 줄 모르고 그녀가 지껄였다는 점입니다. 그런데 괘씸한 것은 그 늙은이가 나를 속여서라도 그 어린것을 잡아 놔 두어야 할 것같이 어린애를 돌봐 주었다는 점입니다.

(데메아스의 감정이 고조에 달했을 때, 그의 집사 격인 파르메논이 종들을 데리고 결혼 잔치 준비 장을 봐 가지고 등장한다. 파르메논을 보자 데메아스는 정신을 가다듬어 그자한테서 어떤 사실을 파악해 보려고 애를 쓴다.)

그런데 때마침 파르메논이 장에서 돌아오고 있군요. 어디 그냥 지나가게 내버려 두어야지.

(그는 옆으로 물러선다. 파르메논이 주방장에게 말을 한다.)

파르메논 여보게, 자네는 왜 칼을 그렇게 들고 다니나? 도무지 알 수가 없군그래. 고기를 다지다가 이야기가 하고 싶기라도 했단 말인가?

주방장 나하고 농이라도 하자는 건가? 이 무식꾼아.

파르메논 무식꾼?

주방장 무식꾼이고말고. 내가 자네한테, 식탁은 몇이나 준비를 해야 되며, 여자 손님은 몇이나 되며, 몇 시에 식사를 할 것이며, 요리사를 더 필요로 하는지, 그릇은 넉넉한지, 부엌에는 지붕이 있는지, 모두 모두 잔치에 적절한지…….

파르메논 이자가 나를 다진 고기로 만들 작정인가. 자네 굉장하 군그래.

주방장 에이 빌어먹을 것 같으니!

파르메논 네놈이나 빌어먹어라! 어서 들어가기나 해.

(주방장과 다른 하인들이 들어가자 데메아스가 앞으로 나서며 파르메논을 부른다.)

데메아스 파르메논!

파르메논 누구세요? 나를 부르는 거예요?

데메아스 널 부르는 거지.

파르메논 영감마님, 웬일이세요?

데메아스 그 소쿠리를 갖다 놓고 이리 좀 오너라.

파르메논 (소쿠리를 갖다 두려고 들어가면서) 뭐 나쁜 일이나 아니면 좋겠는데…….

데메아스 (독백) 저자는 하인들 사이의 일을 하나도 빼놓지 않고 잘 알고 있을 테지. 저자는 캐묻기를 좋아하는 작자거든. 나오는군그래.

파르메논 (안에 있는 사람에게 말을 하면서 나온다.) 크리시스, 주방장이 뭐든지 달라고 하는 대로 주란 말이야. 그리고 그 늙은이가 술독 곁에 가지 못하도록 하고.

데메아스 (초조해서) 애! 여봐라 …….

(데메아스가 대단히 화가 난 것을 본 파르메논은 자꾸만 말꼬리를 이리 돌리고 저리 돌린다.)

파르메논 어떻게 할깝쇼, 영감마님?

데메아스 어떻게 하느냐고? 그 문에서 나와 이리로 오기나 해. 이리로 조금 더 오란 말이다.

파르메논 자요.

데메아스 파르메논아, 내 말을 들어 봐라. 내 너를 때리지는 않을 테니 그리 알고 말하란 말이다.

파르메논 때린다고요? 제가 무슨 짓을 했기에 때린다는 거죠?

데메아스 너는 가만히 보아하니 비밀을 감추고 있는 모양인데.

파르메논 영감마님, 천만에요. 디오니소스 신을 걸굽쇼, 제우스 신을 걸굽쇼, 아폴론 신을 걸굽쇼 …….

데메아스 그만 해 둬라.

파르메논 그런데 그건 영감마님께서 오해하신 건데요. 정말 …….

데메아스 이봐라. 내 말을 들으란 말이다.

파르메논 그래서요?

데메아스 그 어린애가 누구 아인가 말이다.

파르메논 네?

데메아스 누구 아이냐 말이야!

파르메논 크리시스요.

데메아스 아비는 누구지?

파르메논 영감마님이시죠.

데메아스 그렇담 말 다했다. 넌 나를 놀리고 있어.

파르메논 제가요?

데메아스 그래, 내가 다 알고 있단 말이다. 나도 다 들었단 말이야. 모스티온이 아비지 뭐냐. 너도 그 짓에 가담을 하고서 왜 시치미를 떼는 거지? 크리시스가 기르고 있는 것도 그 애가 시켜서 하고 있는 것 아냐?

파르메논 누가 그런 소리를 해요?

데메아스 내가 봤단 말이다. 너는 이 대답만 해. 그렇지?

파르메논 그래요 영감마님. 그러나 비밀…….

데메아스 무슨 비밀? 에끼 이놈! 이 악당 같으니. 매를 가져오너라.

파르메논 영감마님! 제발 그러지 마세요.

데메아스 이놈! 네 살을 불로 지져서 낙인을 찍어야지.

파르메논 낙인을 찍으신다고요?

데메아스 그래!

파르메논 난 망하게요? (도망간다.)

데메아스   어디로 도망을 가는 거냐? 이 썩어 빠진 놈아 저놈을 잡아라!

(파르메논이 도망을 가니까 데메아스의 의심은 한층 더해진다.)

데메아스   오, 신의 할아버지시여! 오, 하느님이시여! 이 데메아스가 왜 이렇게 신음해야 하나요? 이 어리석은 자가 왜 이렇게 고함을 쳐야 하나요? 아니, 참아야지. 참아야 해? 모스키온은 절대로 이 문제에는 결백하니까.

(관중을 향해) 그렇게 말하는 게 이상할지 모르지만요, 그게 사실인걸요. 그 애가 만약 제정신이 있어서 그런 짓을 하고 그렇게 정열에 빠져서 그랬다든지, 나를 미워한다든지 한다면 당장 그애는 나에게 반항해서 싸움이라도 일으킬 것 아니겠어요. 그 애가 죄가 없다는 또 하나의 이유는 그런 죄를 지은 사람이 어떻게 그토록 즐겁게 이 결혼을 받아들였겠느냐 말입니다. 만약 그런 짓을 했다손 치더라도 그건 진정한 사랑에서가 아니라, 그 계집애가 하도 귀찮게 구니까 할 수 없이 그런 것일 게고, 책임은 우리 아이보다는 그 계집애에게 더 있는 거 아니겠어요? 확실히 그 계집애는 술에 잔뜩 취해서 제정신이 아닐 때 그랬을 것입니다. 술은 때로 젊은이들을 정복해서 그런 엉뚱한 일을 저지르게 하거든요. 그래서 아무 생각 없이 잘못하고 말거든요.

어쨌든 평소에 그렇게 행실이 단정하던 그놈이 내가 양자로 기른 공을 생각해서라도 나를 이런 곤경에 빠뜨려야 하느냐 말입니다. 그걸 생각하면 다른 자에게 열 번이라도 양자로 가라고 하겠지만, 그 자식이 그렇게도 점잖고 정직했었다는 점 때문에 도무지 납득이 안 간다는 말입니다.

　어쨌든 그 계집은 아주 고약한 창녀야. 그게 도대체 무슨 상관이야. 데메아스! 너는 어른의 입장에서 사건의 해결을 해야만 해. 지금 이 판국에 너는 우물쭈물해서는 안 된단 말이다. 손자를 위해서는 모든 사실이 없던 것같이 해야만 하지. 그 사모스의 창부는 내쫓아서 망하게 해야만 하지. 그 계집애는 어린애를 데리고 있었으니까 이편의 구실은 충분하거든. 뭐 이러고저러고 말할 여지도 없단 말이야. 그저 이를 갈아붙이고 마음을 단단히 먹어야만 해. 네 교양을 보여 주도록 해야만 한단 말이다.

(이때 문이 열리며 주방장이 파르메논이 왜 이렇게 늦나 싶어서 나온다.)

주방장 그자는 여기 나와 있었단 말이지? 야! 파르메논! (화가 나서) 이놈이 나를 속이고 그렇게 살짝 빠져나갈 수가 있나! 일은 시작도 안 됐는데.

(데메아스는 조금 전에 말한 것을 행하기 위해 문을 향해 급작스럽게 뛰어가면서 주방장에게 크게 소리를 지른다.)

데메아스 비켜, 이 사람아!

주방장 (숨을 죽이고 데메아스의 뒤를 따른다.) 이거 어떻게 된 일이야? 야! 미친 늙은이가 집으로 뛰어 들어갔다. 이건 어떻게 된 일일까? 분명히 누가 뛰어 들어갔는데 아무래도 정신이 돈 것 같아. 소리를 꽥 지른 것을 보면. 접시들이 바로 그 미친 늙은이가 뛰어 들어간 자리에 있다면, 그 와르르 깨지는 것도 보기 좋을 것 아

냐! 여기 늙은이가 나온다. 이 시러베아들 파르메논아! 이놈, 너
때문에 이렇게 나와서 봉변을 당할 판이란 말이다. 비켜서야지.
(이때 문이 열리면서 크리시스, 유모와 어린애가 성난 데메아스에게 쫓겨
나온다. 데메아스는 화가 나서 연속 꾸짖으면서 나온다.)

데메아스 어서 나가! 이것들아, 내 말이 안 들려?

크리시스 (당황해서) 이 불쌍한 신세, 어디로 가야 하나?

데메아스 어서 지옥으로 떨어져!

크리시스 운명도 기구해라! (울음이 터진다.)

데메아스 (대단히 비꼬며) 운명도 기구하지 기구해! 그 눈물 한번
불쌍하구나. 인제 그만 끝났어. 아마 너는……. (말조심을 해야겠
다고 생각하여 딱 그친다.)

크리시스 제가 어째요?

데메아스 아무것도 아냐. 어린애하고 유모 늙은이하고 어서
나가.

크리시스 내가 어린애를 데리고 있다고 해서…….

데메아스 그 다음은 필요 없어. 네가 어린애를 데리고 있기 때문
이야.

크리시스 제 잘못은 그것뿐인가요? 도무지 전 모르겠는데요.

데메아스 네가 얼마나 호강을 했는지 너는 몰라.

크리시스 제가 모르다니요, 무슨 뜻이죠?

데메아스 네가 우리 집에 올 때 얼마나 껄렁한 옷을 입고 있었
니? 지금 네가 입은 옷은 어디서 얻어 입은 거냐?

크리시스 그래서요?

데메아스 일도 그렇게 시원치 않게 할 때도 나는 너를 얼마나 소중히 여겼느냐 말이야.

크리시스 지금은요?

데메아스 지금의 너는 얼마나 신세가 좋으냐? 하녀까지 네 옆에 있게 했지 않니? 어서 나가 이년!

주방장 신경과민이셔! 다시 한 번 잘 생각해 보세요. 영감마님!

데메아스 넌 뭐야?

주방장 저를 묻지 마세요. (물러선다.)

데메아스 이제 너 대신 다른 여종을 둘 테니까 그리 알아라. 하느님 감사하시지 뭐냐.

크리시스 그건 또 왜요?

데메아스 아 너는 아들이 있으니 말이다. 그뿐이야.

주방장 묻지는 않네. (데메아스에게) 그래도 말입니다…….

데메아스 (주방장에게) 지껄이지 마. 그렇게 자꾸 지껄이면 골을 빠개 놓을 테니.

주방장 그러셔도 되죠. 그러나 전 지금 들어갑니다.

데메아스 (다시 조롱하는 투로) 숙녀시여? 당신은 마을로 들어가면 누구라는 것을 알게 될 것입니다. 크리시스! 너같이 사랑을 파는 여인은 이리 구르고 저리 굴러서 사내놈들이 취해서 죽을 지경에 이르도록 술을 먹여 놓고는 돈벌이를 한단 말이다. 그 사내들은 곧 죽지 않으면 배고파서 비실비실하다가 죽을 거야. 내 짐작엔 너 이상으로 그 일에 대해서 더 잘 알 사람이 없을 것이다. 넌 이제 네가 어느 정도라는 것을 잘 알게 될 것이다. (크리시스가 가까이 오려고 한다.) 거기 그대로 서 있어.

(그는 문을 쾅 닫고 들어간다.)

크리시스 아, 내 신세야!

(그녀는 흐느껴 운다. 이때 니케라토스가 딸의 혼인 준비를 위해 말라 빠진 양 한 마리를 사 가지고 장에서 돌아오고 있다.)

니케라토스 이 양이 죽으면 신들과 여신들이 배부를 테지. 이 양은 피와 담즙과 작은 뼈, 큰 뼈가 올림피아의 제물이 되기에 알맞게 갖춰졌을 것이다. 그러면 남은 건 한 줌의 양털뿐, 그것으로 반찬이나 만들어 친구들에게 맛보여야지. (양은 자신의 집으로 들여보내고 크리시스를 본다.) 그런데 이게 뭐냐? 크리시스가 저기 서서 울고 있으니 무슨 일일까? 분명히 크리시슨데, 왜 그러지?

크리시스 저는 내쫓겼어요. 그것뿐이에요.

니케라토스 맙소사, 누구한테? 데메아스가 내쫓았어?

크리시스 네!

니케라토스 뭣 때문에?

크리시스 어린애 때문에요.

니케라토스 모두들 그러는데, 네가 미쳐서 어린애를 낳아 기른다고 하던데. 그래도 데메아스는 아주 순하게 그러더니.

크리시스 그분은 야단도 안 치시더니 지금 별안간 그러시는 거예요. 처음엔 절 보고 혼인 준비를 하라고 이르시기에 그렇게 하

고 있는데 갑자기 미친 사람 모양으로 뛰어 들어오시더니 나를
내쫓고는 문을 저렇게 닫아 버리시지 않겠어요!

[여기서부터 상당한 분량의 원고가 없어진 것으로 추측된다.]

니케라토스는 크리시스를 자기 집으로 데려가고 그의 부인과
딸이 어린애를 받아 기르겠다고 하였습니다. 사실 그 애기는 그
의 딸 플란곤이 모스키온과 관계를 맺어서 낳은 아이였답니다.
크리시스가 그 아이를 낳은 것이 아니라 플란곤이 낳았다는 것
을, 데메아스가 알았으리라는 것은 우리들의 추측입니다. 크리
시스가 내쫓겼다는 소문을 들은 모스키온을 데메아스가 만났는
지도 모르지요. 모스키온은 어린애의 장래에 어떤 불안이 있을
지 모른다고 걱정했을 것이고, 또 아버지를 잘못 건드렸다가는
더 화를 돋우게 될지도 모른다고 생각했을 터이지만, 모스키온
을 만나자 데메아스는 어떻게 화를 냈던지 모스키온은 놀란 나
머지 사실을 그대로 실토하고 만 것입니다. 그랬더니 데메아스
는 좋아하면서 오히려 '플란곤과의 결혼을 더 성대하게 해야만
되겠다.'고 하였습니다. 너무 좋은 바람에 데메아스는 그만 실수
를 하게 되었지요. 왜냐하면 그 성미 급한 영감에게 '어린애가
그의 딸 플란곤의 아이로 이젠 크리시스의 혐의가 벗겨지고, 책
임은 니케라토스의 딸에게 있다.'고 하고, '근심은 이제 데메아
스에게 있는 게 아니고 니케라토스에게 있다.'고 좋아라 말을 했

으니. 그러니 이 영감 화를 낼 수밖에요. 그도 그럴 것이, 그 오만하고 가난한 영감은 결혼도 못한 딸 걱정도 그렇고, 거기다가 아비 없는 아이까지 맡아야만 되니 어떻겠습니까. 원래 성미가 급하고 횡포한 영감님, 못 참을 수밖에요. 약간 무안한 듯이 자기 아들 모스키온이 이 사건에 관련된 듯하다는 힌트를 주었더니 이 영감은 이 결혼을 파혼한다는 것으로 잘못 알고 급히 뛰어나갔습니다.

데메아스 여보시오, 이리 오시오……. 뭐라고 해야 하나? 잠깐 기다려요!

니케라토스 이제 끝장이 났는데 난 가야죠. 지금까지의 모든 준비는 허사가 되고 말았소.

(그는 쏜살같이 자기 집으로 들어간다.)

데메아스 이런 기막힌 일 봤나. 저 친구, 말도 다 듣지 않고 도망쳐 버리니. 마구 떠들어 대겠지, 하도 성미가 고약한 사람이니. 뭐 가리는 것도, 무서운 사람도 없으니까. 내가 나빴지. 죽어야 마땅해.

(안에서 야단이 났다.)

　큰일 났군! 저렇게 큰 소리로 야단이니. 불을 가져오라고 하는군그래. 뭘 하려는 것일까? 뭐? 어린애를 태운다고? 이를 어쩌나! 내 손자가 내 눈앞에서 타 죽는 꼴을 봐야만 하나? 여기 다시 나오는군. 마치 폭풍이나 질풍 같지, 사람 같지를 않군.

니케라토스 (뛰어나오며) 데메아스 영감! 크리시스가 내게 반항해서 아주 괘씸하게 구는구려.

데메아스 어떻게?

니케라토스 그 계집애가 우리 마누라에게 모든 게 사실이 아니라고 하면서, 어린애를 꼭 쥐고 아무리 내가 뺏으려 해도 뺏기지 않으려고 하는군요. 그러나 어디 두고 보라지. 그 계집애까지 죽여 버릴 테니.

데메아스 죽여 버려?

니케라토스 그것이 이 일을 저지른 한통속이니 말이오.

데메아스 영감! 제발 그러지 마시오.

니케라토스 당신도 조심해요. (다시 뛰어 들어간다.)

데메아스 (무서워 움츠리고 있다.) 저 사람 마치 미친 사람 같군. 저 쏜살같이 뛰어 들어가는 것 좀 보지. 난 그런 야단스러운 꼴을 처음 보네. 사실을 그대로 이야기해 버리는 게 차라리 낫겠어. 이크! 문이 또 열리는군그래.

(이때 크리시스가 뛰어나오는데, 어린 것을 아직도 안고 있다. 뒤에 매를 들고 잡아 죽일 듯한 기세로 니케라토스가 쫓아 나온다.)

크리시스 에구머니! 이를 어쩜 좋아요! 난 어디로 가야 하나? 어린애를 뺏을 테니 어쩌지?

데메아스 (자기 집 문 앞에서) 크리시스야! 이리 오너라.

크리시스 거기 있는 분은 누구시죠?

데메아스 안으로 들어가라. (크리시스는 그의 뒤로 숨는다.)

니케라토스 어디로 가는 거냐? 어디로 도망을 치는 거야?

데메아스 이거 오늘 나는 현상 권투 시합을 해야 할 것 같아. (니케라토스를 막아서며) 왜 이러는 거요? 누구를 쫓아가는 거요?

니케라토스 데메아스! 비켜요. 어린애는 내가 뺏어야겠소. 그런 다음에 여편네들의 이야기를 들어 봐야지.

데메아스 이자가 미쳤어. 날 때릴 테야?

니케라토스 때리고말고.

데메아스 (크리시스에게) 넌 어서 뛰어 들어가라. (니케라토스에게) 그럼 내가 때리지 않고 가만있을 줄 알고.

　(둘은 붙잡고 씨름한다.) 크리시스야, 어서 뛰어. 이 영감쟁인 너무 세차서 내가 이길 자신이 없다.

(크리시스는 어린것을 안고 집으로 들어간다. 니케라토스는 더욱더 화가 나서 쫓아 들어가려니까 데메아스가 그를 붙잡는다.)

니케라토스 응! 이젠 네가 공격해 왔겠다. 그럼 나는 막아 주지.

데메아스 너는 여자를 때리려고 했고, 그리고 추격했어.

니케라토스 핑계 좋구나!

데메아스 너도 마찬가지야.

니케라토스 내가 어린애를 달라니까 그 계집애는 거절했단 말이야.

데메아스 (설명할 구멍을 찾기 위해 스스로 반발을 한다.) 내 손잔데 제가 뺏어!

니케라토스 (의심스러운 듯, 그러나 위협조로) 네 손자가 아니란 말이야.

데메아스 (놀라서) 가만있어. 사람 살려!

니케라토스 (데메아스의 집으로 향하면서) 어서 맘대로 떠들어 봐! 난 들어가서 그 계집애를 죽이고 말 테니까.

데메아스 어떻게 하면 좋아! 이건 갈수록 태산이니. 그래도 안 되지. 그대로 둘 수는 없지. (다시 싸움터로 돌아와서) 어딜 가는 거야? 기다려!

니케라토스 내게 손을 댔단 봐라.

데메아스 좀 참아요.

니케라토스 넌 어쨌든 나를 배반했어. 넌 이 사건 전체를 알면서 우리만 따돌리고 있단 말이야.

데메아스 그럼 알아볼 것이 있으면 내게 묻고 여자들은 내버려 둬.

니케라토스 자네 아들이 나를 속인 거야?

데메아스 아니지. 그 애는 자네 딸과 결혼한 거야. 그런데 그게 그런 게 아니란 말이야. 자 이리 와서 나하고 잠시 거닐어 보세.

니케라토스 거닐어?

데메아스 그래서 좀 정신을 차리게 말일세. (그들은 둘이서 거닌다.) 자네는 이런 연극에 대한 이야기를 들어 본 일 없나? 즉 제우스가 어떻게 황금 비가 되어 지붕을 꿰뚫고 흘러 들어가 며칠 동안 처녀를 유혹했다는 이야기를 못 들어 봤느냐 말이야?

니케라토스 그 이야기가 이 사건과 무슨 관계가 있다는 거야?

데메아스 만사에 사람은 각오가 돼 있어야만 해. 자네 집 지붕이 새지 않나 보란 말일세.

니케라토스 샐 거야. 그런데 그게 무슨 상관인가?

데메아스 제우스는 때로는 황금 술이 되고, 때로는 비가 된단 말일세. 알겠나? 제우스는 그러니까, 얼마나 빨리 우리가 발견하는가가 문제가 될 뿐이야.

니케라토스 자네는 나를 얼간이 취급할 셈이란 말이지?

데메아스 천만에, 절대로 그런 일 없지. 진실로 자네는 아크리시우스보다 조금도 고귀할 것이 없어. 제우스가 몸을 낮춘다면 자네 딸은 말일세…….

니케라토스 그러니까 모스키온이 나를 속인 거야.

데메아스 그 애는 자네 딸과 결혼할 것일세. 그럼 안심하게. 그러나 이것은 분명해. 신의 행사라는 것 말일세. 우리들 중에는 신을 부모로 하는 사람들이 수없이 걷고 있는 것을 난 보여 줄 수 있어. 그러나 그것을 자네는 아주 나쁜 일이라고 생각하거든. 돌아다니면서 밥을 공짜로만 얻어먹는 카이레폰과 같은 경우가 그런 것인데, 그자가 신같이 생각되지 않나?

니케라토스 그렇지 신같이 보이지. 그게 무슨 상관이야? 그런 쓸데없는 일을 가지고 자네하고 싸울 순 없어.

데메아스 그 생각 좋아. 안드로클레스는 아직도 거무스름한 얼굴로 살아서 돌아다니고, 뛰면서 돈벌이를 한단 말일세. 그는 창백한 얼굴로 죽을 수가 없었어, 자네가 그자의 목을 찌른다고 해도. 그 자가 신이 아니고 뭣이겠나? 그저 축복이나 해줘야겠지,

향이나 좀 피우고. 자네 딸을 데리러 내 아들이 갈 것일세. 뭐 긴 애기를 할 것 없지 않나. 자네는 생각이 깊은 사람이니까. 설사 그 애가 속도위반을 해서 걸렸다손 치더라도 자네는 서둘러야 하질 않겠나?

니케라토스 내 그럼 집에 가서 준비를 하도록 하지.

데메아스 우리가 해야만 할 일이 있네. 자네는 세속적으로 지혜로우니 그것을 맡아 해주어야겠네.

(여기서 데메아스가 의미하는 것은 결혼보다는 먼저 어린애에 대한 처리를 해야겠다는 말이다. 혼잣말로 말한다.)

내가 지금 당장 믿고 있는 이 일에 진실이 없다는 것을 알게 해주신 신들께 감사하노라.

(여기서 이 막은 끝난다. 막간은 보통의 경우와 마찬가지로 술 취한 무리들로 메워져 관중을 즐겁게 해준다. 다음 막이 시작될 때 모스키온이 나타난다. 그는 그의 부친이 자기를 의심하는 데 대해 대단히 근심하며 심각하다.)

모스키온 이제 비난을 받게 된 까닭을 나는 명백히 알게 되었으며 당연하다고 생각해요. 그러나 이 사건의 전모를 살펴볼 만큼 침착할 수 있게 된 지금에 와서 나는 화가 나지 않을 수가 없군요. 나에 대한 아버지의 평가를 나는 참을 수가 없다는 말입니다. 그녀와의 관계가 정상이고 나의 맹세, 나의 사랑, 시간의 차이 등등 때문에 오는 모든 장애의 속박을 받지만 않는다면 이런

비난이나 책망을 듣고 가만있을 수 없습니다. 여기를 떠나서 박
트리아나 카리아 같은 곳에 가서 군대에나 뛰어 들어가 세월을
보낼 겁니다. 그러나 사랑하는 플란곤, 나는 너 때문에 그런 모
험은 하지 않겠다. 나는 지금 사랑에 빠져 그런 일을 할 수가 없
게 되었어. 그러나 그렇다고 나는 절대로 비겁하고 비열한 방법
으로 이 사건을 처리하지는 않을 테야. 오히려 나는 아버지를 위
협해서 아버지와의 인연을 끊겠다고 해봐야겠어. 그러면 아버지
는 다시는 꾸중을 안 하시고 조심스럽게 나를 다룰 테지.

(이때 파르메논이 저쪽에서 등장한다. 점점 제정신이 들어서)

　저기 바로 내가 만나야 되겠다고 생각했던 사람이 오는군. 아
주 알기나 한 듯이 나타나는군그래.

파르메논 (모스키온을 보지 못한다.) 하느님 맙소사! 이거 내가 무슨
짓을 한 거야? 나는 아무 죄도 없으면서 달아나기는 왜 달아난단
말이야. 도망가야 할 죄를 언제 내가 지었단 말인가. 어리석기도
하지. 도대체 이 사건을 하나하나 검토해 봐야지. (다섯 손가락을
꼽으면서) 우선 우리 도련님이 양갓집 처녀에게 그런 짓을 했다는
것이 잘못이고, 분명 거기 파르메논이 잘못한 것은 전혀 없거든.
또 애를 밴 것은 그 여자의 잘못이지 이 파르메논의 잘못이 아니
거든. 어린애를 우리 집으로 데려온 것도 도련님이 했지 내가 한
것은 아니란 말이야. 이 집의 누군가가 허락을 했을 것이니 그것
이 무슨 상관이야? 아무리 따져 봐도 파르메논의 잘못이 없거든.
이 못난 것아, 뭣 때문에 도망을 가느냐 말이다. 병신 같으니라

216

고, 나를 빠갠다는 건 참 엉뚱한 일이지 뭐야. 분명히 주인 영감님이 잘못이지, 나를 때린다고 하는 건. 그러나 어쨌든 맞으면 그것이 정당하든 그렇지 않든 나는 손해거든. 그러니 도망할 수밖에 없었지 뭐.

모스키온 (파르메논에게로 가까이 가서 말을 붙인다.) 여봐라.

파르메논 안녕하세요, 도련님!

모스키온 그 쓸데없는 소리 지껄이지 말고 빨리 안으로 들어가거라.

파르메논 뭘 해드릴깝쇼?

모스키온 외투하고, 어떤 종류라도 좋으니까 칼을 하나 가져오너라.

파르메논 칼을요?

모스키온 그래, 어서 빨리.

파르메논 뭘 하시려고요?

모스키온 어서 들어가서 가져오기나 해. 잔소리는 집어치우고.

파르메논 도대체 무슨 일이에요?

모스키온 맞아야 알겠니?

파르메논 천만엡쇼. 들어갑죠.

모스키온 그럼 왜 머뭇거리는 거야? (파르메논 들어간다.) 인제 아버지가 오셔서 날 붙잡으시겠지. 그래도 나는 절대로 안 되겠다고 버티어 봐야지. 좀 그래 보다가 바로 지금이라고 생각될 때, 못 이기는 체하고 그의 말에 복종해야지. 그런데 문제는 이 연극을 그럴듯하게 해야만 되겠는데, 나는 그게 서투르단 말이야. 응!
저기 아버지가 오시는군.

(그런데 데메아스가 아니라 파르메논이 나온다.)

파르메논 (권하면서) 도련님은 이 일에 아주 소식불통이신가 본데,
도련님이 들으시고 아시는 건 아주 정확한 게 아니란 말씀예요.
그러니까 도련님은 지금 아무것도 아닌 걸 가지고 근심하고 계
시는 거라는 말씀예요. 그러시지 말고 집으로 들어오세요.

모스키온 (엄격하게) 가지고 오라고 한 건 가져왔어?

파르메논 아뇨! 지금 모두들 도련님 잔치 준비에 바쁘던걸요. 술
을 젓고 향불을 피우고 야단들인뎁쇼.

모스키온 내 말 안 들려? 가져왔냐 말이다!

파르메논 아아뇨. 이거 보세요 도련님! 모두들 도련님을 기다리고
있어요. 어서 빨리 가셔서 신부나 데려오세요. 도련님은 행복하
시단 말예요. 아무 일도 없으니 걱정 마세요. 결혼하면 됐지 그
이상 뭣이 더 필요하세요?

모스키온 (마치 어린애같이) 이 빌어먹을 자식아! 네가 날 가르칠 셈
이냐? (때린다.)

파르메논 도련님! 왜 이러세요?

모스키온 어서 들어가서 내가 시킨 대로 하지 않을 테냐?

파르메논 (구슬프게) 에그! 내 입술 깨지네.

모스키온 아직도 지껄이기만 해?

파르메논 가지요, 가요. 신도 아실 거예요. 그런데 야단났는데요.

모스키온 어서 빨리 들어가지 못해?

파르메논 (문에서) 결혼식을 참말로 하는 거예요.

모스키온 어서 빨리 가란 말이야! 가서 소식이나 듣고 와. (파르메논 들어간다.) 인제 우리 아버지가 오실 겁니다. 그런데 여러분 아버지가 오시지를 않고 화가 나서 내가 가도록 내버려 두시면 어쩌죠? 그건 생각지 못했거든요. 그러지는 않으시겠지만, 만약에 그러신다면 말예요. 불가능이란 없으니까요. 맙소사, 그렇게 되면 나는 뭐가 되죠? 바보밖에 더 되겠어요.

[여기까지 극본이 남아 있다. 이후에 이루어지는 것은 짐작건대 니케라토스와 그 집안사람들이, 모스키온이 신부를 데리러 오는 것이 더디니까 오해를 하게 되는 것 같다. 결말이 어떻게 되는지는 짐작일 뿐이다. 크리시스는 모스키온이 누이라는 것이 밝혀졌으리라는 것과, 그래서 그녀는 종에서 풀리고 데메아스와 결혼하게 됐을 것이라는 짐작이다. 물론 모스키온은 플란곤과 결혼을 하게 되고……]

🌼 희극의 완성자 메난드로스

그리스 희극의 발달 과정은 다음 세 단계로 나눈다.

1) 고희극 (Old comedy)

2) 중희극 (Middle comedy)

3) 신희극 (New comedy)

고희극古戲劇은 환상적이고 그로테스크하고 서정적이며, 정치인·철학자·문학인을 신랄하게 비판하는 것이 그 특징으로 현실적이거나 사실적인 이야기를 다루지 않았다.

중희극中戲劇은 고희극의 환상적이고 그로테스크한 특징이 제거된 사실적인 요소를 다소 지니게 되었다. 사실상 중희극은 고희극에서 신희극의 형식이나 단계로 넘어가는 전환적인 역할을 했다고 할 수 있다.

신희극新戲劇은 고희극과 아주 다른 형태로 변하여, 인물도 현실적이고 사건도 환상적인 요소가 전혀 없는 보편적인 종류의 희극이 되었다.

메난드로스는 신희극의 형식을 따른 작가로 신희극 중에는 그의 작품만이 전해져 왔다. 그러나 그것도 완전하지 못하고, 중간 혹은 앞뒤가 빠진 불완전한 것들만이 전해 내려오고 있다. 그러나 신희극은 희극 사상 중요하므로 메난드로스의 위치는 역시 중요하게 인정되고 있다. 왜냐하면 로마의 희극이 신희극의 형식을, 다시 말해서 메난드로스의 극을 그대로 전해 받았고, 또 현대극의 바탕이 된 르네상스 극에 대단한 영향을 주었으므로 신희극은 희극 사상 중요한 위치를 차지하게 된 것이다. 그런 의미에서 메난드로스가 소개된 것이고, 불완전하나마 한 편이라도 번역하여 그 특징을 소개한 것이다.

메난드로스는 아테네 출신의 시인이며 극작가였다. 그는 아리스토텔레스의 제자 테오프라토스와 함께 철학을 공부했다. 그의 숙부는 중희극 작가였다고 한다. 그가 마케도니아와 이집트 정부로부터 초청을 받았으나 거절하고 아테네에만 살았던 것으로 보아 아테네에 대한 애착심이 많았던 사람으로 여겨진다.

당시 저명하였던 신희극 작가 필레몬보다 열등한 위치에 있어서 인기도 없었고 연극 경연 대회에서도 필레몬에게 상을 빼앗긴 때가 더 많았다고 한다. 물론 지금에 와서는 메난드로스가 필레몬보다 훨씬 우수한 작가로 인정되고 있지만…….

그의 극의 특징을 살펴보면, 주제 구성론에 있어 풍속 희극(Comedy of Manners)이라고 할 수 있다.

고희극에서의 코로스는 완전히 없어지고, 주인공과 그 대립되는 인물 간의 논쟁도 없어졌다. 주제도 고도의 정치 문제, 사회 문제, 종교 문제를 다룬 고희극과는 달리 아주 평범한 아테네 인들의 일상 생활을 중심으로 다루었다. 인물에 있어서도 평범하고 틀에 박힌 사람들, 즉 부유한 아버지, 비관적인 아들, 교활한 종 같은 인물이며, 그들의 이야기는 사랑을 중심으로 얽히고설킨 것들이다. 그의 유머는 그것이 상황에서든 인물에서든 떠들썩한 웃음이라기보다는 가라앉은 차분한 종류의 유머이다. 그러기 때문에 전반적인 분위기가 조용하고도 차분하며 감정에 쫓기지 않는다.

앞에서도 말한 것같이 그의 작품은 완전하게 전해 내려오는 것이 없으므로 정확한 비판과 평을 한다는 것은 불가능한 일일지는 모르나 그의 척도가 되고 있는 테렌스(Terence)의 작품들을 통해 그의 작품 경향을 알 수가 있다.

불완전하게나마 남아 있는 그의 작품 중에는 「아델핀(Adelphin)」이 가장 우수하다는 평을 받고 있다.

김갑순

💥 작품 해설

「사모스의 여인」

메난드로스에게 「사모스의 여인」이라는 작품이 있었다는 사실은 알려져 있지만 지금 여기에 번역해 놓은 단편斷片이 바로 그

「사모스의 여인」과는 전혀 딴 작품이었다는 가능성도 없지 않다.

이 「사모스의 여인」에 대해서 우리가 알고 있는 부분은 약 340행에 지나지 않는다. 거의 완전한 모습으로 발견된 「까다로운 사람」은 논외로 하고 「조정 재판」, 「머리칼을 잘리는 여인」에 비해도 꽤 적은 양이라고 해야 하겠다. 그러나 그 약 340행이 도중 한 군데에서 중단되었을 뿐으로 연속된 것이라는 점이 메난드로스의 작풍作風을 아는 데 얼마간의 길잡이가 되어 왔다.

추정에 의하면 「사모스의 여인」은 메난드로스의 초기 작품이며, 「머리칼을 잘리는 여인」보다 더 이전, 「까다로운 사람」(기원전 317~316년경)과 같은 시기에 씌어졌으리라고 짐작된다. 사실 양식적으로도 낡은 표현이 있다. 예컨대 작품 중에 두어 군데 관객에게 직접 말을 건네는 대목이 있다는 것, 장단조의 리듬이 사용되고 있는 부분이 비교적 많다는 것, 우스개 장난을 목적으로 한 장면도 있다는 것 등이다.

처음에 말했듯이, 이 작품이 「사모스의 여인」으로 인정된 것은 작품 속의 크리시스라는 여성의 존재 때문이다. 사모스에서 건너온 이 크리시스라는 여인은 데메아스 집안에서 아내와 마찬가지의 지위에 있다. 단지 시민권이 없으므로 정식 결혼을 하지 못하고 있는 것이다. 그런데 이런 여성에게 아이가 생겼을 경우, 그 아이를 살려서 키우느냐의 여부는 특히 그 여인의 남편(명목상이긴 하나)의 결정에 따라야 하는 것이다. 그러므로 데메아스가 긴 여행에서 돌아와 자기 집의 아이가 양육되고 있는 것을 알았을 때, 데메아스로서는 크리시스의 행위를 책망해도 될 이유가 있는 셈이다. 그리고 크리시스로서는 설령 사후 승낙의 형식으로라도 아이의 양육에 대한 데메아스의 승인을 얻어야만 하는 것이다. 사실은 데메아스의 양자 모스키온과 옆집 딸 사이에 생긴 아이를 키우고 있는 친절한 크리시스지만, 그 아이를 어떻게 설명해서 데메아스의 승인을 얻으려 했는지는 현존하는 부분만으로는 분명하지가 않다. 가장 자연스럽게 데메아스와 자기 사이의 아이라고 거짓말을 했다고도 생각되며, 또는 전혀 달리 주워 온 아이라 여기도록 말했다고도 생각된다. 그러나 어떻든 간에 데메아스의 승인을 기다리지 않고 양육하고 있었다는 것이 상황이 되는 것이다. 작품 중 '데메아스가 없는 사이에 크리시스가 제 마음대로 아이를 기르기로 했다.'는 점이 문제시되는 것은 이런 뜻에서이다.

이 갓난아기와 이로 인해 일어나는 오해를 둘러싸고 분규하는 플롯에도 물론 이 작품의 재미는 있겠지만, 그러나 그보다 보통 이 작품은 '성격'의 극으로 생각되고 있다. 우선 데메아스라는 인물이 있다. 이 작품에서 작자의 첫째 관심은 데메아스라는 이 인물의 성격에 있는 것으로 여겨진다. 특히 그가 말하는 독백 부분은 본 작품 중의 압권을 이루고 있다.

옆집 주인 니케라토스는 현존 단편에서는 그다지 개성적인 면목을 보이지 않지만 데메아스와의 대조라는 점에서 그 성격을 중히 여기는 해석도 있는 것 같다.

크리시스라는 여성도 메난드로스에게는 흥미로운 성격이었는
지 모른다. 후에 「조정 재판」의 등장인물인 하브로토논에서 보다
더 풍부하게 묘사되고 있는 성격이다.

이상과 같이 이 작품에서 '성격'이라는 것의 비중을 생각할
때, 앞에서 말한 데메아스의 독백 속에서 작자가 데메아스로 하
여금 '외면적인 것보다 인품, 성격이라는 것에 나는 눈을 돌린
다.'는 의미의 말을 시키고 있는(데메아스의 둘째 독백, 132행째) 것
은 결코 순전한 우연은 아닌 듯싶다.

편집부

등장 인명·신명·지명·용어 해설

ㄱ

게네틸리스 Genetyllis 군소 신들 중의 하나. 게네틸리데스(Genetyllides)
는 아프로디테의 친구로 묘사되었다. 이들은 한 세대를 지배하였다.
__22

고르기아스 Gorgias 시칠리아 섬의 레온티니(Leontini) 출신인 소피스
트이자 수사학자. 그의 선조는 그리스 인이 아니었다.
__179

기사 Knights 기원전 424년 레나이아제에서 상연되어 우승한 아리
스토파네스의 현존 작품. 펠로폰네소스 전쟁 수행의 중심인물인
데마고그(선동 정치가) 클레온을 맹렬히 공격한 작품이다.
__46

ㄴ

네스토르 Nestor 필로스의 왕이며 넬레우스의 아들, 안틸로코스의
아버지. 트로이 전쟁에서 가장 연로하고 가장 지혜로웠던 그리스
의 지배자였다. __70

네펠로코키기아 Nephelococcygia 아리스토파네스의 「새」에 나오는
도시 국가의 이름. 이것은 '구름'이라는 nephele와 '뻐꾹새'라는

kokkyx가 합쳐서 된 이름이다. 즉 '구름 위의 뻐꾹새'라는 새들만의 나라라는 것을 암시한다. __138, 142, 144, 148, 173

니키아스 Nicias 부유한 귀족정치론자. 아테네 보수주의 정당의 지도자였다. 그는 이따금 군대 사령관으로서도 봉직했다. 그리고 그는 라마코스가 죽은 후 알키비아데스의 소환을 받고 시칠리아 원정 길에 올랐다. 그러나 그는 원정대가 와해瓦解된 후에 시라쿠사(Syracusa) 측에 사형을 당하고 말았다. 그는 사령관 중에서도 가장 평판이 좋지 않았다고 한다. __117, 129

| ㄷ |

다레이오스 Darius 페르시아의 대왕으로서 크세르크세스(Xerxes)의 아버지. 아시아의 대군을 이끌고 그리스를 침략했다가 패배했다. __122

데메테르 Demeter 대지의 어머니신. 대지의 생산력의 여신. 남동생인 제우스와 결혼하여 페르세포네를 낳음. __42, 124, 127, 171

델로스 Delos 에게 해에 있는 작은 섬. 이곳은 아폴론과 아르테미스의 출생지로 알려졌다. 기원전 6세기 초 아테네를 맹주로 하는 델로스 동맹(대 페르시아 해상 동맹)의 본거지였다.

델포이 Delphoi 포키스 지방에 있는 도시로서 아폴론과 모녀 가메스
(Games)의 신탁을 받는 유명한 신전이 있던 곳이다. 기원전 6세기
초 제1차 신성전쟁神聖戰爭으로 델포이의 중립과 독립이 보장되어,
4년마다 제전적인 피티아(Pythia) 경기 대회가 시작되었다.

도도나 Dodona 제우스 신의 신탁소가 있던 그리스 북서부 에페이로
스 지방의 성역. 이 성역에는 떡갈나무가 있었는데, 신관들은 나뭇
잎 스치는 소리나 나무 근처에서 솟아나는 샘물의 소리를 듣고 신
탁을 해석했다.

디아고라스 Diagoras 멜로스 섬과 이오니아 지방에서 활동하던 철학
자. 초기에는 무신론자로 알려져 있었다. 독특한 학설로 관심을 끌
었고, 아리스토파네스의 「새」(총 1073행)와 「구름」(총 830행)의 주석
서를 만들었다. 그러나 아리스토파네스의 「개구리」에 나타나 있는
시인은 이 사람이 아니다.

디오니소스 Dionysus 제우스와 세멜레의 아들로 술과 도취·해방의
신. 아테네 연극의 수호신. 후기 그리스 세계(헬레니즘 시대)에서는
최대의 신으로 숭배되었다.

디오피테스 Diopithes 예언자. 너무나도 발작적인 예언을 했기 때문
에 당시 사람들은 그 예언의 정확성을 의심했다.

디트레페스 Diitrephes 버드나무 가지로 통을 만들어 부자가 된 사람이다. 이 기술을 그리스 어로 프테라(Ptera)라고 하는데 '날개' 라는 뜻이다. __137, 167

| ㄹ |

라우리옴 Laurium 아티카에 있던 은광. '라우리옴의 올빼미' 는 라우리옴의 금속으로 만든 은화이다. 이 은화에는 그리스의 상징인 올빼미를 그려 넣었다. __151

라이스포디아스 Laespodias 아테네의 장군. 외교관으로도 일했다. __173

라케다이몬 Lacedaemon 스파르타와 라코니아를 가리키는 스파르타 국가의 정식 명칭. 제우스와 님프 타이게테의 아들로 라코니아에 살던 라케다이몬 인의 신화상의 조상 라케다이몬에서 유래했다. __29

라코니아 Laconia 펠로폰네소스 반도 남동쪽에 있는 지역. 수도는 스파르타. __28, 137

람폰 Lampon 유명한 점쟁이. __124, 145

레오고라스 Leogoras 아테네의 극성스런 미식가 중의 한 사람. __24

레오트로피데스 Leotrophides 아주 허약하고 섬세한 체격과 성격을 가진 한 시인. 후에 그는 그러한 모습 때문에 속담에 등장하는 존재가 되었다. __165

레토 Leto 아폴론과 아르테미스의 어머니. 그래서 달의 어머니, 헤카

테의 어머니라고도 불린다. __140

레프레움 Lepreum 펠로폰네소스 반도. 서북부 엘리스(Elis)에 있는 한 마을. '나병 환자의 마을'이라는 의미. 이것은 나병 환자였던 비극 시인 멜란티오스를 조롱하기 위해 아리스토파네스가 「새」에서 인용했다. __105

로크리스 Locris 포키스와 도리아 지방에 의해 동서로 분단되어 동쪽은 로크리스 오폰티아(Locris Opuntia), 서쪽은 로크리스 오조리스로 불린 지방. __105

리디아 Lydia 소아시아 서부에 있던 왕국. 아테네의 노예 대부분이 리디아 출신이었다. __48, 157

리비아 Libya 고대에 이집트를 제외한 아프리카의 북부 지방을 일컫던 명칭. __133, 153

리시크라테스 Lysicrates 아테네의 한 장군. 그는 도둑 한 사람과 악한 한 사람을 데리고 있었다고 한다. 아리스토파네스의 「새」, 「여인의 회」에 나타나 있는 사람은 흉한 코를 가진 자로 묘사되어 있다. __124

| ㅁ |

마라톤 Marathon 아테네 동북부에 위치한 평원. 기원전 490년 그리스를 침략한 페르시아 군이 참패당한 곳. __67

마이오티스 Maeotis 현재의 아조프(Azov) 해. 아마존족이 이 바다 연안에서 살았다고 전해진다. __32

메가바조스 Megabazus 페르시아 인의 이름. 아리스토파네스의 「새」

230

에는 페르시아 왕좌에 올랐던 것으로 잘못 인용되어 있다. 그리스
어로 mega bazon은 '중요하게 이야기한다.' 는 뜻이다.
__122

메넬라오스 Menelaus 스파르타의 왕. 아트레우스의 아들, 아가멤논의
형제, 헬레네의 남편, 헤르미오네와 메가펜테스의 아버지.
__123

메니포스 Menippus 아테네의 말 무역 상인으로 별명은 Chelidon.
'발굽의 우묵한 곳' 또는 '삼키다' 는 뜻의 별명이다.
__159

메톤 Meton 위대한 수학자이자 천문학자요, 월력月曆의 개혁자였다.
그는 도시 계획에도 큰 관심을 가지고 있었다.
__145

멜란티오스 Melanthius 모르시모스의 형제인 비극 시인. 그의 극시는
그의 인품과도 같이 그다지 유쾌한 것이 아니었다. 대식가이자 나
병 환자였던 그는 지나치게 아첨을 했으며, 음성이 매우 거칠었다
고 한다. __105

멜로스 Melos 에게 해에 있는 섬. 무신론자 디아고라스의 출생지.
__60, 150

멤논 Memnon 제우스의 아들, 아킬레우스에게 죽임을 당했다.
__49

미디아스 Midias 메추라기를 기른 아테네 사람. __159

미마스 Mimas 신들에 대항하여 싸운 티탄족 중의 하나이다.
__32

미시아 Mysia 소아시아 북서부에 있던 나라. __64

시키온 Sicyon 코린토스의 서쪽, 코린토스 만에 접한 작은 읍.

_144

| O |

아레스 Ares 그리스의 전쟁신. 후에 로마 신화의 마르스 신과 동일시 되었다. 제우스와 헤라 사이에서 태어난 외아들.

_51, 138

아르테미스 Artemis 제우스와 레토의 딸. 아폴론의 쌍둥이 여동생. 델로스 섬에서 태어났다. 수렵의 처녀 여신이며 달과도 동일시되었다. 암컷 물의 보호자이며, 특히 젊은 여성들의 보호신이었다. 또한 자녀 생산을 관할한다고 생각되었다. 타우리케(Taurice)에서는 사람을 희생 제물로 여신에게 바쳤쳤는데, 그리스 사람들은 이 여신을 아르테미스라 불렀다. 브라우론 참조.

_140

아이게우스 Aegeus 테세우스의 아버지이며, 아테네 초기의 왕이었다.

_48

아이스키네스 Aeschines 엄청나게 교만한 자였다. 그는 특히 자신의 부귀에 대해 이야기하는 것을 즐겨 했다. 그런데 그의 부귀가 어디서 어떻게 이루어졌는지에 대해서는 분명하지 않다.

_138

아이테르 Aether 영어로는 Ether. 날씨 좋은 하늘 상층의 정기로서, 이 정기는 낮은 곳에 있는 공기보다 더 순결하고 귀한 것으로 간주되었다. 아리스토파네스는 에우리피데스에게 아이테르의 신격화

를 이야기했다고 한다. __32, 47

아카데메이아 Academeia 아테네 교외의 공원이었다. 후에 이곳에 플라톤이 학교를 세웠다. __68

아크로폴리스 Acropolis 아테네의 최후 성채. 약 60m 높이의 고원 지대에 바위로 만들어졌다. 여기에 수많은 신전이 있었고, 초기에는 이 도시의 왕들이 거주하던 곳이었다. 국가의 재물이나 보물이 이곳에 안치되어 있었다. __22

아테나 Athena 팔라스라고도 불리는데, 제우스의 딸로서 처녀 여신이었다. 아테나는 특히 아테네의 여자 수호신이었다. 보통 전쟁의 여신으로 알려져 있지만, 평화, 예술, 지혜의 수호신으로도 되어 있다. 그녀를 가리키는 폴리아스(Polias)라는 명칭은 '도시를 수호하는 자'란 뜻이다. __48, 124, 138

아폴론 Apollo 흔히 포이보스(Phoebus)로 불리기도 한다. 비극에서 그는 보통 치유와 예언의 신, 음악의 신으로 불린다. 아폴론과 연관된 가장 두드러진 신화는 포세이돈과 함께 트로이의 성벽을 쌓은 것, 트로이 전쟁에서 트로이를 끝까지 지지한 것, 카산드라에 대한 놀라운 예언 등이 있다.
__101, 120, 127, 133, 136, 145, 202

아프로디테 Aphrodite 사랑의 여신. 이 여신의 제의祭儀는 주로 키프로스(Cyprus) 섬에서 행해졌다. 그래서 그녀는 키프리스라 불렸다. 이 여신을 숭배한 다른 곳으로는 키테라(Cythera)와 파포스(Paphos)가 있다. __126

알로페 Alope 포세이돈과 관계해 히포테온이라는 아들을 낳은 여인.
__126

알크메네 Alcmena 암피트리온의 아내. 제우스와의 사이에서 영웅 헤라클레스를 낳았다. __126

에로스 Eros 사랑의 신. 그리스 어로 에로스는 성애性愛를 의미한다. 로마 인들은 아모르(사랑) 또는 쿠피드(욕망)라고 불렀다. __132, 181

에우보이아 Euboea 아테네 동북방의 보이오티아 해변과 아티카 북동쪽에 있는 길고도 협소한 섬. __29

에우폴리스 Eupolis 희극 시인. 그는 아리스토파네스보다 조금 앞서 활동했다. __46

에트나 Etna 시칠리아의 북동부에 있는 화산. 티탄 신족인 엔켈라도스가 이 화산 밑에 묻혔다고 하는데, 제우스가 묻었다고 전해진다. __142

에파포스 Epaphus 이오와 제우스의 아들. 이집트의 왕이 되어 자신이 태어난 곳에 도시를 건설하고 아내인 멤피스(나일 강 신의 딸)의 이름을 따서 멤피스 시라고 이름 지었다. __48

엑세케스티데스 Execestides 카리아 사람. 그러나 그는 아테네 시민으로 행세했기 때문에 조상들을 허위로 창안해 내야만 했다. 또 리라를 타는 재주가 있었고, 여러 경연 대회에서 상을 획득했다. __98, 135, 171

오디세우스 Odysseus 이타카의 왕. 호메로스의 『일리아드』에 등장하는 주요 인물이며 『오디세이아』의 주인공. 페넬로페의 남편이며, 텔레마코스의 아버지. 트로이 전쟁에 참전했다가 승전을 거둔 후 포세이돈의 미움을 사 10년간의 방랑 끝에 고향으로 돌아왔다. 기이한 기술과 기계奇計로 유명했으며 교활한 인물로 묘사되었다.

오레스테스 Orestes ①아가멤논과 클리타이메스트라의 아들, 엘렉트라의 남동생.
②유명한 산적의 이름.

오르네아이 Orneae 아르골리스 지방에 있던 도시. 기원전 415년에 아테네 군이 활동하던 곳이다. 이 도시의 이름은 그리스 어로 Ornis라 하는데, '새'라는 뜻이다.

올로픽소스 인 Olophyxians 트라키아 남부 칼키디케 반도의 아크테(Acte)에 있던 올로픽소스의 주민.

올림포스 Olympus 마케도니아와 테살리아 사이에 위치하고 있는 산. 그리스 로마 신화에서 이 산은 신들의 집으로 알려져 있다.

올림피아 Olympia 펠로폰네소스 반도 서북부에 있는 엘리스의 한 지역. 여기서 올림픽 경기가 4년마다 한 번씩 개최되었다. 모든 도시 국가의 시민들은 이 경기에 참가하였다. 그리고 제우스의 유명한 신전이 이곳에 세워졌다.

이리스 Iris 신들의 메시지를 전하는 전령신. '무지개'를 의미하고, 하늘과 땅을 연결하는 가교架橋 역할을 했다. 남편은 서풍인 제피로스.

이티스 Itys 테레우스와 프로크네의 아들. 어머니 손에 죽었다. 이와 관련된 다른 신화에는 그의 이름이 이틸로스(Itylus)로 되어 있다.

카르키노스 Carcinus 비극 시인. 이 시인에게는 아주 작은 체구를 가진 세 아들이 있었다. 그 중 하나는 크세노클레스(Xenocles)라는 이름으로 알려져 있지만, 나머지 둘의 이름은 알려지지 않았다. 이 세 아들은 모두 비극 작품을 썼으며, 이 작품 속에는 새로 유행되는 춤이 많이 등장했다. __80

카리아 Caria 소아시아 남서쪽에 있는 한 작은 지역이다. 이곳 주민들은 비교적 어리석고 열등한 사람들로 알려져 있었다. __112, 135, 216

카오스 Chaos 헤시오도스(Hesiodos)의 우주 발생론에 따르면 크게 입을 벌린 상태, 또는 무저항의 심연을 가리키고 있다. 이러한 심연에서 만물이 발전해 왔다고 한다. 카오스라는 이 말 역시 그리스 어 카네인(chanein), 즉 '갈라지다'를 의미한다. __132

카이리스 Chaeris 적은 돈을 받고 피리를 불었던 사람이다. 그는 청탁이나 부탁을 받지 않고도 피리를 불었다. 바로 두 번째의 생태가 아리스토파네스의 「새」에서 그를 묘사하려는 중요한 요점이었다. __140

칼리아스 Callias '부유한 재산을 모두 탕진해 버렸다.'는 비유에 나타난 어느 부유한 가정의 자손. __112

케라미코스 Ceramicus 아테네의 두 구역 이름이다. 그 중 하나는 개구리와 새들이 노래하는 아주 매력 있는 교외 지역이다. 이곳에는 국가를 위하여 봉사하다가 죽은 사람들이 묻혔다. 또 하나는 기사들이 사는 곳으로서 시내에 위치하고 있었는데, 매춘부들이 들끓

는 곳으로 유명했다. __118

케브리오네스 Cebriones 티탄 신족의 하나. __125

케크로프스 Cecrops 아티카의 초대 왕으로 알려진 전설적인 인물이다. 그 후로부터 아테네의 최후 피난처를 케크로피아(Cecropia)라고 불렀다. __34

켄타우로스 Centaurs 일종의 신화적인 인종이다. 반은 사람이고 반은 말의 모습을 하고 있었다. 테살리아의 펠리온 산에 살면서 고기를 먹고 난폭했으며 호색적인 성질을 가지고 있었다. __36

코르키라제 날개 Corcyraean wing 이 날개는 채찍을 의미한다. 이 말은 코르키라(Corcyra) 섬이라는 말에서 왔는데, 오늘날에는 코르푸(Corfu) 섬으로 알려져 있다. __168

코린토스 Corinthos 아티카와 펠로폰네소스 반도를 잇는 이스트모스 지협에 있던 고대 도시. 그리스의 남부 육상 교통의 요지인 동시에 이오니아 해와 에게 해를 잇는 해상 교통의 요지였다. 매춘부가 많은 도시로도 유명했다. __144

코타보스 Cottabus 주연酒宴을 위주로 한 놀이의 명칭이다. 이 주연 놀이는 그리스에서 아주 유명한 축연이다. 이 행사에는 여러 가지 놀이가 있지만, 그 중에서도 가장 중요한 것은 컵에 든 술을 일정한 거리에 있는 그릇에다 던져 부어 넣는 기술을 겨루는 놀이이다. __71

콜라이니스 Colaenis 아티카의 시구인 미리노우스(Myrrhinous)에서 이 이름으로 아르테미스 여신을 받들었다고 한다. 이 이름은 아테네 초기의 왕이었던 콜라이노스(Colaenus)라는 명칭에서 왔다고 한다. 콜라이노스 왕은 이 여신을 위해 신전을 건축했다.

___140

콜로노스 Colonus 아테네에서 북서쪽으로 약 1.6km 떨어진 곳에 있
는 아티카의 시구. 이곳은 소포클레스의 출생지로 알려져 있으며,
전설에 따르면 오이디푸스의 무덤이 있다고 한다.

___146

크로노스 Cronus 헤라, 포세이돈, 제우스의 아버지. 그러나 그의 자
리는 결국 제우스가 박탈했다. ___121, 127

크리사 Crisa 그리스 중부 포키스 지방에 있던 도시.

___130

클레오니모스 Cleonymus 아주 겁쟁이고 비겁자였다. 그는 언젠가 싸
움터에서 방패를 팽개치고 도망을 친 일이 있었다. 아리스토파네
스는 그를 작품에 자주 등장시켜 풍자했다.

___37, 40, 52, 112, 169

클레온 Cleon 아테네의 데마고그(선동 정치가) 중에서도 가장 유명한
사람이었다. 원래 가죽 장사였으나 그는 곧 정치가로 전향하였다.
그리고 기원전 429년 페리클레스가 죽은 이후 기원전 422년까지
아테네에서는 가장 영향력 있는 정치가였다. 아리스토파네스는 그
의 탐욕적이고도 사기적인 애국주의를 그의 작품들을 통해 줄기차
게 비난했다. 그런데 시민으로서의 그의 신분은 분명하지 않다. 기
원전 422년 암피폴리스 전투에서 스파르타의 브라시다스 장군과
함께 전사했다.

___46~48

클레이스테네스 Clisthenes 아테네에서 가장 유명했던 동성연애론자.

아리스토파네스는 줄기차게 이것을 비웃었다.
___37, 138

클렙시드라 Clepsyddra 아크로폴리스에 있던 샘.
___179

키몬 Cimon 페르시아 전쟁 직후 등장한 아테네의 위대한 정치가이자 장군이다. 그는 보수당의 지도자이기도 했다. 보수당의 주요목적은 스파르타와 우호 관계를 유지하는 것이었다.
___37

키벨레 Cybele 레아와 동일시되는 아시아의 여신이다. 이 여신의 예배는 아주 거칠고 먹고 마시며 뛰노는 것이 특징이다. 이러한 점에서 디오니소스 축제와 밀접한 연관성을 가지고 있었다.
___134, 140

키오스 Chios 에게 해의 섬. 이 섬은 기원전 429년에 페르시아 인들이 점거한 적이 있었다. 그 후 아테네의 동맹국 중에서 가장 유능하고도 충성스러웠던 곳이었다. ___140

키킨나 Cicynna 아티카에 있는 농촌 지구의 하나. ___25, 29

킨토스 Cynthus 델로스 섬에 있는 산. 아폴론과 아르테미스의 출생지로 알려졌다. ___48

| ㅌ |

타르타로스 Tartarus 저승. 명부冥府. ___28

탈레스 Thales 고대 그리스 최초의 철학자로 일곱 현인 중 한 사람. 소아시아 연안 그리스 식민지 밀레토스 출신으로 추상적 기하학을 확립했으며 '만물의 근원은 물'이라는 주장으로 유명하다.

테레우스 Tereus 프로크네 참조.

테살리아 Thessalia 그리스 중북부, 핀도스 산맥과 에게 해로 둘러싸인 넓은 지방. 말 사육에 적합하여 고대부터 말과 기병騎兵으로 유명했다. 신화·전설의 중심 무대였다.

테아게네스 Theagenes 매우 지저분하고 비열한 아테네 사람.

테오게네스 Theogenes 대단히 자만심이 강했던 사람.

테티스 Thetis 바다의 신 네레우스의 딸로 바다의 여신. 제우스와 포세이돈 등 신들의 청혼을 받았으나 결국 인간인 펠레우스와의 결혼하여 트로이 전쟁의 영웅 아킬레우스를 낳았다. 펠레우스와의 결혼식 때 모든 신이 초대되었으나, 모두가 꺼려하는 불화의 여신 에리스만이 제외되었다. 그 때문에 노한 에리스는 축하 연회석상에 황금사과를 던졌고, 이 사과를 서로 가지려는 여신들의 싸움이 트로이 전쟁의 원인이 되었다.

텔레아스 Teleas 아테네의 미식가.

텔레포스 Telephus 헤라클레스의 아들인데, 미시아의 왕이 되었다. 그는 그리스의 트로이 원정군이 소아시아의 서부 해안에 상륙하는 것을 막으려 했지만, 디오니소스가 그에게 술로 흉계를 꾸몄으므로 뜻을 이루지 못하고 아킬레우스에게 부상을 입었다. 신탁에 따르면 그가 입은 상처는 그 상처를 입힌 사람만이 고칠 수 있다고 했으며, 동시에 그리스 인들은 텔레포스가 그들에게 필요한 존재임을 알았다. 아킬레우스는 상처를 치료해 주었으며, 텔레포스는 트로이로 향하는 중요한 방향을 가르쳐 주었다. 에우리피데스는 비극 속에서 텔레포스를 영웅으로 묘사했다. __64

트라키아 Thrace, Thracia 그리스 북쪽에 있던 지방. 신화에서는 예언적 음유 시인으로 유명하며, 역사적으로는 호전적인 국민성과 혹독하게 추운 기후 등으로 유명했다.
__163

트로포니오스 Trophonius 보이오티아 지방 오르코메노스의 왕인 에르기노스의 아들. 형제인 아가메데스와 함께 델포이의 아폴론 신전을 세웠다. __44

트리발로이 Triballoe 트라키아 북쪽에 살던 무례하고 거센 종족으로 전쟁을 좋아했다. 아리스토파네스의 「새」에는 트리발로스라는 인물이 트리발로이의 사절로 등장한다. __171

티몬 Timon 유명한 염세주의자. __172

티탄 신족 Titans 땅과 하늘 사이에서 태어난 거인족으로 그들은 올림포스의 신들과 전쟁을 했다. 프로메테우스와 아틀라스도 거인족이었다. __121

티폰 Typhon 가이아와 타르타로스 사이에서 태어났다고 전해지는 거대한 괴물. 그 모습은 100개의 용의 머리를 가지고 무서운 목소리로 울부짖는 괴수怪獸로 알려졌으며 사나운 격풍과 불을 뿜어냈다. 또 온갖 바람의 아버지라고 전해지는데 태풍颱風을 의미하는 영어의 typhoon이라는 말은 이 괴물의 이름과 관계가 있다.
__36

파랄로스 Paralus 고대 그리스의 두 쾌속함快速艦 중 하나. 이 군함은 메시지를 전달하는 의무를 담당했다. 뿐만 아니라 소집 및 소환의 수단으로 사용되었다. 다른 한 군함은 살라미니아라고 불렸다. __155

파르나소스 Parnassus 델포이 가까이 있는 산. 이곳은 아폴론과 뮤즈 여신들의 거주지로 알려졌다. __49

파르네스 Parnes 아티카에 있는 수림이 우거진 산. __35

파리스 Paris 헤카베와 프리아모스의 아들. 알렉산드로스로도 불림. 그는 메넬라오스의 처 헬레네를 빼앗았다. 아프로디테는 파리스에게 만일 그가 헤라와 아테나와의 아름다움을 겨루는 내기에서 자신에게 미의 판정을 내려 준다면 헬레네를 주겠다고 약속했다. 이때문에 트로이 전쟁이 초래되었다. __151

파시스 Phasis 콜키스 지방의 강으로 에욱시네(흑해) 동쪽 끝으로 흘러 들어간다. __24

파트로클레이데스 Patroclides 극장에 관중이 앉아 있는 동안 오물을 치우는 아테네 사람. __136

판 Pan 원래는 아르카디아 사람들의 양과 목동의 신. 급작스런 공포는 그 때문에 일어난다고 여겨졌다. __134

판 아테나이아 Pan Athenaea 아테네에서 5년마다 열리던 대축제. 이 축제에는 여러 가지 의식과 합창시와 춤이 펼쳐졌다. __39, 67

판도라 Pandora 그리스 로마 신화에서 인류 최초의 여인이며, 인류에게 수많은 재앙을 가져온 원인이다. 아리스토파네스의 「새」에 그녀의 이름이 언급되어 있는데, '만물을 준 자'라는 의미로 기록되어 있다.
___144

팔라스 Palllas 아테나 여신을 일컫는다. ___34, 66

팔레롬 Phalerum 아테네의 외항 페이라이에우스 가까이 있는 항구.
___101

페니키아 Phoenicia 지중해 최동단에 위치했던 나라. 한때 지중해의
해상 무역을 장악했다. 현재의 레바논 지역. ___123

페리클레스 Pericles 페르시아 전쟁 이후의 아테네의 지도적인 정치
가였다. 기원전 469년 초기에 민주파의 저명한 정치가였다. 기원
전 461년 보수파의 키몬을 추방한 사건은 이 민주파의 권한으로
취해진 일이었다. 이러한 사건 이후 기원전 429년에 그가 죽기까
지 그는 해마다 장군으로 선출되었다. 그는 폭군처럼 아테네를 지
배하였다. 그리고 민주파의 조직체 내에서는 완전히 독보적이었
다. 그의 정책은 침략적이었고 제국주의적이었다. 이러한 정책이
조만간에 전쟁을 필연적으로 초래한다는 것은 자명한 일이었다.
기원전 432년에 개혁자들의 봉기는 긴박한 사태를 불러일으켰다.
페리클레스는 유명한 메가라 사람 디크리와 함께 첫번째의 봉기에
타격을 가했다. ___29, 61

포르피리온 Porphyrion 새 이름. 검둥오리의 일종으로 추정된다.
___125, 141, 158

포세이돈 Poseidon 바다의 신이며 지진을 일으키는 신. 또한 제우스
의 형제요, 키클로프스의 아버지였다. 말馬의 신으로서 히피오스
라는 이름으로 알려지기도 했다.
___23, 78, 112, 126, 127, 175, 177

프로디코스 Prodicus 그리스의 소피스트. 그는 박학다식했던 것으로 유명하며 소크라테스와 동시대 사람이다. __37, 132

프로크네 Procne 판디온의 딸. 그녀는 자기를 없애고 그녀의 동생 필로멜라에게 장가들려는 남편 테레우스에게 복수하기 위해 자기 아들 이티스를 죽였다. 그 후 프로크네는 나이팅게일로, 테레우스는 오디새로 변했다. __131

프록세니데스 Proxenides 이름난 허세꾼. __152

프리기아 Phrygia 소아시아의 서북부에 위치한 나라. 트로이를 일컫는 이름이기도 함. __122, 135, 157

프리니스 Phrynis 리라(lyra) 음악의 근대성을 역설한 작곡가. 그는 작곡뿐 아니라 리라의 뛰어난 연주가이기도 하였다. __66

프리니코스 Phrynichus 아이스킬로스 이전의 가장 중요한 비극 작가. 그는 작품 속에 서정시와 무용을 풍부하게 담았다.

__46

프리아모스 Priamos 트로이 전쟁 당시의 트로이 왕. 아킬레우스의 아들인 네오프톨레모스에게 살해당했다. __124

플레그라 Phlegra 올림포스의 신들과 티탄 신족이 전쟁을 벌인 들판.

__138

필로스 Pylos 펠로폰네소스 연안의 세 도시. 네스토르의 고향이 그 중 어디였는가 하는 점은 분명하지 않다. 하나는 나바리노(Navarino) 만에 접해 있었는데, 기원전 425년 클레온의 영도 아래 아테네 인들이 스파르타에 승리를 거둔 곳이다. __28

필로클레스 Philocles 비극 시인. 모르시모스와 멜란티오스의 아버지.

__112, 159

할리모스 Halimus 페이라이에우스에서 멀지 않은 해변에 있는 아티
카의 한 구역. 역사가 투키디데스의 출생지로 유명하다.

___123

헤라 Hera 제우스의 여동생이자 아내이다. 아르고스와 연결되어 있
는 여신. 헤라는 제우스가 사랑하는 모든 여인을 질투하고 적대하
는 존재로 그려져 있다. 뿐만 아니라 제우스가 불의로 낳은 모든 자
녀에 대해서도 질투하는 여신으로 묘사되었다.

___181

헤라클레스 Heracles 그리스 로마 신화에서 가장 힘이 세고 또 가장
유명한 영웅. 암피트리온의 아내 알크메네와 제우스의 아들. 제우
스의 아내 헤라는 남편과 다른 여자 사이에서 태어난 헤라클레스
를 미워하여 사사건건 그를 괴롭혔다. 이와는 반대로 제우스는 그
를 무척 사랑하여 뛰어난 힘과 씩씩한 기상을 심어 주었다. 뿐만 아
니라 헤라클레스는 암피트리온과 그 밖의 많은 전문가로부터 무예
와 음악을 배워 훌륭한 용사로 성장하였다. 그는 헤라의 저주로 정
신착란을 일으켜 메가라와의 사이에 낳은 자식들을 죽였는데, 그
죄를 씻기 위해 신탁을 청했다. 신탁은 그가 티린스로 가서 그 땅의
왕 에우리스테우스를 12년 동안 섬기면서 그가 명하는 일을 하면
불사不死의 몸이 될 것이라고 말하였다. 그가 에우리스테우스에게
서 명을 받은 것이 그 유명한 헤라클레스의 12가지 과업이다.

___70, 102, 126

헤르메스 Hermes 제우스와 마이아의 아들. 여러 속성을 가진 신이
다. 올림피아 신들의 신령인 그는 또한 죽은 영혼의 안내자이다. 속

임수와 도둑질은 그의 숨은 재간이었다. 행복을 가져오는 자로서 그는 에리우니안(Eriunian)이라고도 불렸다.

___78, 81

헤브로스 Hebrus 트라키아에 있는 주요한 강. ___135

헤스티아 Hestia 가정의 여신. 이 여신에게 최초의 기도문과 제주가 바쳐졌다. 로마 신화의 베스타(Vesta).

___140

히페르볼로스 Hyperbolus 아테네의 선동 정치가. 아리스토파네스는 언제나 이 선동 정치가를 공격하였다. 그는 램프 장사꾼이었다. 카르타고 원정을 제의한 사람이 바로 히페르볼로스였다. 일반적으로 그는 시인의 눈에 클레온을 본 딴 못난 존재로 비쳐졌다. 그래서 클레온을 공박하던 수법이 거의 그에 대한 공박에 나타나 있어 새로운 것은 찾아보기 어려울 정도였다.

___46, 49, 62

히포크라테스 Hippocrates 아테네 사람인데, 그의 세 아들은 아둔하기로 유명했다. 이들 가족들은 위험스런 조그만 오막살이에서 살았다. 의학자 히포크라테스와는 별개의 인물.

___68